I0785694

LOLA
Entre-Historias

Patricia Sutherland

<u>**Otros libros de Patricia Sutherland**</u>

Princesa. Serie Moteros # 1.
Harley R. Serie Moteros # 2.
Harley R. Entre-Historias. Serie Moteros #2.1.
Lola. Serie Moteros #3.

Volveré a ti. Serie Sintonías # 0.
Bombón. Serie Sintonías # 1.
Primer amor. Serie Sintonías # 2.
Amigos del alma. Serie Sintonías # 3.
Simplemente perfecto. Serie Sintonías # 3.1.

El último mejor lugar. (Título independiente).

A mis padres.
Siempre serán la luz que alumbra mi camino.

A todas mis lectoras y, de manera especial,
a las fans de la serie Moteros
con todo mi cariño y mi agradecimiento.

Las Entre-Historias son capítulos extra que hacen a la historia que narra la serie Moteros, que tienen que ver con los protagonistas de la novela a que se refieren (en este caso, *Lola*), pero no forman parte de ella. Digamos que son algo así como unos apetitosos bocaditos extra para aliviar el gusanillo romántico. Por esta razón, te recomiendo que respetes el orden de lectura para no perderte nada: primero, *Lola* y después, *Lola Entre-Historias*.

Estas en particular son diferentes a las publicadas hasta el momento. Diferentes en cuanto a extensión -son bastante más largas-, en que introducen nuevos personajes, algo que nunca había hecho antes en unas entre-historias, y en otra novedad a la que aludo en los agradecimientos, al final del libro. A título personal, decirte que me encantó poder pasar un tiempo más con Andy y Dylan. Es una pareja que me enamoró desde el primer momento -antes incluso de que ellos supieran que acabarían juntos-, y tenía curiosidad por ver qué tal se les daba a los dos su primera relación seria con otra persona, cómo encajaban en otros menesteres propios del día a día de una pareja -distintos de los sexuales, que ya sabemos que se les dan de fábula-. Y ¿sabes qué? El día a día *también se les da de fábula*.

¡Que disfrutes de la lectura!

* * * * *

Después de que Dylan sorprendiera a Andy presentándose en su isla bonita, la pareja se embarca en la aventura más romántica de todas; la de conocerse a fondo el uno al otro y aprender a disfrutar del escaso tiempo que pueden estar juntos.

En Londres, mientras Dakota y Tess reciben una gran noticia, Evel y Abby se disponen a preparar una boda por todo lo alto después de que el motero consiguiera el segundo "sí, quiero" de su chica. Niilo y Amy, en cambio, no han vuelto a verse desde el casamiento de Dakota. Aunque las cosas podrían estar a punto de cambiar de un momento a otro…

Visitas inesperadas, decisiones importantes y la posibilidad de conocer el lado romántico del hombre menos romántico de la Serie Moteros son algunas de las novedades que encontrarás en esta nueva entrega.

Lola Entre-Historias, un dulce *spin-off* de *Lola*.

ENTRE-HISTORIAS 1

Domingo, 29 de noviembre de 2009.
Restaurante Sa Badia.
Ciudadela, Menorca.
Cerca de la medianoche.

El tiempo continuaba inclemente. De a ratos llovía y el viento, que nunca había sido santo de su devoción, contribuía a ponerla de los nervios.

Más de los nervios, pensó Andy.

Sin embargo, dentro del emblemático restaurante era mucho peor. Desde que había puesto un pie allí, no había tenido un segundo tranquilo. Estaban llenos, como era habitual, pero aquella velada una familia adinerada de alemanes, viejos residentes de la isla, celebraban su aniversario de boda, sobrinos y nietos se habían desplazado desde el Continente para la ocasión, y aquello era un no parar. En un intento de no interferir demasiado con el ambiente sosegado que caracterizaba las salas de la planta baja, Pau había decidido habilitar la terraza, ahora cerrada y climatizada, para la celebración, así que al agobio normal de atender una mesa con treinta y seis comensales, había que añadir el ejercicio físico: la propia Andy, acostumbrada a entrenar a diario, empezaba a acusar el cansancio de la infinidad de veces que había subido las escaleras que conducían a la terraza. Pero además de la necesidad de respirar un poco de aire frío -que no fresco porque con semejante viento se te helaban hasta los pensamientos-, había otra razón, mucho más importante para estar allí, *volándose* en la calle: echar un vistazo al móvil, a ver si tenía noticias de Dylan. Realmente, no se suponía que lo llevara encima. Debería haberlo dejado en su taquilla. Estaba incumpliendo una de las normas de Pau, pero pensó que su ansiedad la habría tenido haciendo paseos furtivos a su taquilla a cada rato, y eso habría sido peor. Ahora, no estaba tan segura de eso. No lo había oído en toda la noche, ni siquiera lo había sentido vibrar, así que además de ansiedad, empezaba a no parecerle normal la falta de noticias. Se decía que Dylan todavía andaría dando vueltas por algún aeropuerto, esperando que su vuelo saliera de una vez, o al contrario, que estaría en la Costa Azul, esperando recoger el equipaje. En un rincón oscuro de su mente, sin embargo, la situación era bien distinta. Todo aquello le seguía pareciendo demasiado perfecto para ser real y teniendo en cuenta que a las mujeres Avery el amor se les daba fatal…

Decidida a enfrentarse a la cruda realidad, Andy metió la mano en el bolsillo interior de su chaqueta y extrajo el móvil. Elevó las cejas al ver que el aparato estaba apagado y lo siguiente fue una retahíla de improperios mentales.

¿Otra vez se había quedado sin batería?

En el interior del restaurante…

Pau se detuvo con un gesto impaciente y volvió sobre sus pasos cuando el teléfono empezó a sonar otra vez. Consultó la hora. Teóricamente, estaban cerrados ya. Después de colgar, conectaría el contestador. De otra forma acabarían el turno de cenas a tiempo de empalmar con el de comidas.

"¿Puedo hablar con Andy, por favor?" oyó que le pedía una voz que no tuvo ningún problema en reconocer.

Dios le diera paciencia con aquel tipo que le caía fatal y que, por lo visto, tendría que seguir viendo hasta en la sopa.

—Estamos a tope, Dylan. ¿Te importa llamarla más tarde a su móvil cuando Andy acabe de trabajar?

Dylan dio las luces, dejó las llaves sobre la mesa del salón y siguió avanzando por la casa quitándose la cazadora por el camino. Sonrió, no pudo evitarlo. Esta vez, el menorquín había querido asegurarse de que lo entendía y había tenido la enorme amabilidad de hablarle en su lengua. Qué detalle el suyo.

—*Sí, me importa. Verás, algo le pasa a su móvil. Lo he intentado varias veces y no consigo conectar y, no te ofendas, pero no me fío de que le des mis recados.* —Su sonrisa se ensanchó cuando oyó lo que estaba bastante seguro que había sido un bufido con denominación de origen Pau Estellés—. *Tranquilo, tío, te prometo que intentaré no entretenerla demasiado.*

Tras el bufido oyó unas voces y a continuación el sonido ambiente con el ajetreo normal del restaurante. Lo habían dejado en espera. Dylan puso el móvil en manos libres sobre la cama, a su lado, y continuó quitándose la ropa sudada y con olor a aeropuerto de encima. Primero, volaron las botas y los calcetines. El contacto de las ardientes plantas de sus pies con la suavidad de la mullida moqueta le arrancó un suspiro de alivio. A continuación, fueron la camiseta y los vaqueros los que salieron volando. Por último, los bóxers. Aunque se moría por una buena ducha, se moría mucho más por oír la voz de Andy, por tenerla un rato, aunque fuera a través del teléfono. Ya no podían demorar mucho más, pensó al tiempo que se echaba sobre la cama. Cerró los ojos y dejó que el confort lo envolviera.

Y un instante después, cuando todo su ser disfrutaba a fondo de la experiencia, un pensamiento vino a hacer las veces de piedra en el zapato: ni siquiera había esperado a cumplir con su ritual de ducharse para llamarla, que era lo primero que hacía tan pronto ponía un pie en casa después de un viaje. En realidad, había empezado a llamarla cuando todavía no había abandonado España, en la hora y media larga de espera para conectar con el vuelo que lo llevaría a Niza. Todavía era domingo, lo que quería decir que tenía cuatro días y medio por delante hasta volver a ver a su chica. Cuatro días y medio. Una gran desazón había comenzado a invadirlo cuando la voz de Andy llegó al rescate.

—*¡Y pensar que estaba por matar a un irlandés y resulta que este trasto infame se me había apagado!* —dijo la muchacha. Sus carcajadas contagiosas devolvieron a Dylan al confort.

Él volvió a cerrar los ojos para disfrutar de aquellas sensaciones únicas que no había experimentado jamás en su vida, simplemente porque jamás había necesitado a alguien hasta el punto de que tan solo su risa le pareciera un regalo.

Andy pasó frente a su tío sin mirarlo. Se dirigió al área de los lavabos en busca de un rincón donde poder hablar con un poco de intimidad. A pesar del gran ruido ambiente, estaba bastante segura de no haber oído a Dylan pronunciar ni una sola palabra, ni siquiera reír.

Se colocó en un rincón, cerca del baño de las mujeres y volvió a intentarlo.

—¿Sigues ahí o te has desmayado de la alegría de volver a oírme?

Dylan abrió los ojos con pereza. Una sonrisa remolona apareció en su rostro.

—Sigo aquí. Despelotado[1] y muy solo sobre una cama king size, escuchándote mientras intento que no se me vaya mucho la cabeza. — Hizo una pausa premeditada—. *Por lo menos hasta el jueves, tengo que amarrarla bien fuerte.*

La imagen conjurada por aquellas palabras supuso un torrente de inspiración para Andy. Mejor dicho, un huracán, ya que muy pronto se encontró desabrochándose la chaqueta y no contenta con eso, siguió con el cuello de la camisa. Aquel corpachón desnudo, cubierto de tatuajes yaciendo sobre las sábanas, ideal lo miraras por donde lo miraras…

—¿Sigues ahí o te has desmayado de…? —la imitó a propósito. Y no acabó la frase también a propósito.

El suspiro que escapó del pecho de Andy hizo las veces de respuesta a las mil maravillas. Una respuesta que a Dylan le encantó.

—¿En serio ya estabas pensando en matarme? —continuó él, consciente de que era mejor apartar el tema "despelotado en una cama" antes de que la conversación se fuera de madre.

—No… Lo dije por decir, Dylan… —Su voz, a pesar del tono tierno que empleó, no sonó muy convincente para él.

—Ya. Solamente estabas barajando qué métodos eran más dolorosos. Todavía no habías llegado a fraguar tu plan.

Los dos rieron y durante un instante Andy consideró no hacer más comentarios, dejar el tema así. Después de todo era feliz. Por primera vez en su vida era feliz sentimentalmente hablando. ¿Qué sentido tenía despertar a los fantasmas del pasado? Pero pronto descartó la idea; tontería o no, lo diría. No le mentiría en nada, aunque eso la expusiera.

—La verdad es que un poquito sí… A las mujeres Avery los asuntos del corazón siempre se nos han dado bastante mal y acabas dudando de todo, protegiéndote de todo —la voz de Andy sonó dulce al añadir—: Necesito que me mimes mucho, Dylan.

---

1 Despelotado: (de despelotarse, coloq.) desnudo, sin ropa.

Y no había nada en el mundo que Dylan deseara más que eso. Dejando a un lado la increíble química sexual que compartían, a otro nivel más profundo y más íntimo, lo que le pedía la piel era colmarla de afecto. Satisfacer todas sus necesidades. Serlo todo para ella.

—*A ver, aclárame eso de los mimos... ¿Magrearte[2] cuenta como mimos?*

Andy soltó una risita cómplice.

—Eres terrible. Hablo de llamadas, mensajitos... Cosas así.

Complacido, Dylan se puso un brazo bajo la cabeza y tomó el móvil. Desactivó el manos libres y sostuvo el aparato contra la oreja.

—*¿Y cómo quieres que sean esos mensajitos? ¿Aptos para todo público o de tres rombos?*

La risa divertida, un poco nerviosa, de Andy le acarició el oído y otras partes sensibles de su anatomía, poniéndole un punto interesante al momento.

—No voy a darte ningún mapa de ruta, Dylan. Propongo que lo descubras a base de improvisar. Que los dos nos descubramos.

Aisss, qué bien había sonado eso. Con lo que a él le gustaba improvisar, pensó cada vez más a gusto.

—*¿Ni siquiera me vas a dar una pista? Una sola, venga.*

Andy estaba en el Limbo, cada minuto un poco más sumergida en él y más lejos del lugar en el que en realidad se hallaba. Respiró hondo y forzó a su mente a centrarse.

—Vale, una pista: que sea convincente —y al oír el suspiro masculino, se estremeció de los pies a la cabeza.

—*¿Que te convenza de que pienso en ti cada minuto del día?*

—Ajá...

—*Aissssss... ¿Sabes?, vamos a freír las antenas de telefonía móvil de aquí hasta el desierto de Atacama.*

—¿Tú crees?

---

2 Magrear: (coloquial, vulgar) sobar, manosear lascivamente a alguien.

—*No creo, lo sé.* —La voz masculina sonó cargada de emoción
—. *¿En serio magrearte no cuenta como mimos?*

Los dos rieron. Aquella conversación se volvía cada vez más
íntima y Andy descubrió que estaba hambrienta de esa clase de
intimidad. De Dylan, del cóctel de emociones que sentía junto a
él....

Un descubrimiento que llegó en el peor lugar posible ya que
Pau estaba allí, frente a ella, diciéndole con la mirada que
acabara de una vez y volviera al trabajo.

—Tengo que dejarte, Dylan. Mi tío…

Pau Estellés, claro. Cómo no. Dylan exhaló en un suspiro.
Odiaba que le cortaran el rollo justo en lo mejor.

—*Hazme una llamada perdida cuando estés en casa y si quieres, te
sigo convenciendo de lo pendiente que estoy de ti.*

Esta vez el suspiro fue de Andy.

—En cuanto llegue, te llamo.

Jueves, 10 de diciembre de 2009.
Ciudadela, Menorca.

Las comunicaciones entre Dylan y Andy fueron creciendo en
número y en intensidad a lo largo de la semana. La mayoría de
las veces eran llamadas breves debido a interrupciones por una
u otra parte. Las mañanas solían ser muy ajetreadas para Dylan
y las tardes lo eran para Andy que empezaba su jornada laboral
a las doce del mediodía. Pero después de que él acababa la suya
y antes de que ella comenzara el turno de cenas, se las
arreglaban para charlar a gusto. Era el momento de recargar
baterías, de bajarse del autobús llamado vida cotidiana y

disfrutar del otro con calma. Por esta razón, a Andy le sorprendió comprobar que era él quien llamaba.

—Es Dylan —le informó a su madre con una sonrisa que no le entraba en la cara.

Ella, con otra igual de grande, repitió el mensaje en voz más alta para que se enterara su hermana que había ido a la cocina a preparar café.

Acababan de llegar de pasar consulta con un médico que le habían recomendado a Neus y en el que la familia, especialmente Andy, había puesto grandes esperanzas. El hombre tenía su clínica privada en Palma de Mallorca donde trataba a pacientes de enfermedades crónicas degenerativas con medicina tradicional china, pero se trasladaba a Menorca dos veces por semana para poder seguir la evolución de sus pacientes menorquines. Por lo visto, la combinación de agujas de acupuntura y formulaciones de hierbas chinas retrasaba la degeneración del sistema nervioso en el tipo de enfermedad autoinmune que aquejaba a Anna Estellés y mejoraba en general su calidad de vida. Cualquier cosa que aligerara la carga que soportaba su madre era un regalo para Andy y en este caso, las expectativas iban mucho más allá del mero alivio. No solo por la alternativa de retrasar el avance de la enfermedad, especialmente porque les había costado mucho convencer a Anna de probar un tratamiento "no oficial y, encima, escandalosamente caro". Palabras textuales de su madre.

—Pero bueno, mira a quién tengo en mi móvil... —dijo a modo de saludo al tiempo que le hacía un guiño a su progenitora.

—*Se me ocurren lugares mejores donde me tengas, pero de momento el móvil tendrá que valer.* —Dylan sonreía al hablar, de modo que su voz llegó hasta Andy con todo el doble sentido que él sugería, pero también con toda su sensualidad.

Ella rió de buena gana. Doble sentido al margen, a Andy también se le ocurrían circunstancias mejores en las que disfrutar de su novio. Era el primero que tenía -los tonteos escolares no contaban- y la situación le resultaba extraña, pero precisamente porque se veían tan poco en comparación con las parejas normales, su imaginación era una fuente inagotable de propuestas a explorar.

—Ya, no me lo recuerdes.

—*¿Qué tal ha ido?*

—Bien, muy bien —respondió ella, ilusionada doblemente: porque en realidad había ido mejor de lo esperado y porque él se estaba interesando por el tema—. Hoy le ha hecho el primer tratamiento. La pobre tenía agujas clavadas por todos lados. —Miró a su madre que ponía cara de pena—. Dice que no duelen. ¡Menos mal, porque te digo que tenía como cincuenta! Ahora está un poquito cansada, pero el médico le advirtió que después de las primeras sesiones se encontraría baja de forma, que descansara y no se preocupara de nada. Así que ahora, a ver si consigo sacarla de este patio helado y que se quede tranquila en el salón, con la mantita, como está mandado.

Andy hablaba con Dylan sin despegar los ojos de su madre quien en aquel momento, sacudió la cabeza con resignación y se levantó de la silla de jardín para dirigirse al salón. Asumía lo mejor que podía aquel plan de la vida de cambiar las tornas y que fueran sus hijos quienes cuidaran de ella, pero siempre había sido una mujer vital y su rol de enferma le costaba mucho.

Dylan que solo contaba con las palabras de Andy para dibujarse una imagen mental de lo que sucedía, escuchaba atentamente. De pronto, cayó en la cuenta de que había más silencio de fondo que el habitual.

—*¿Y los más pequeños de la casa?*

—Danny en el instituto y Luz en el baño con tía Roser —rió cuando la imagen apareció en su cabeza—. ¡A ver quién acaba más mojada de las dos! ¿Y tú, qué, guapo? ¿Qué tal pinta tu día?

El suspiro que oyó alto y claro hizo las veces de respuesta.

—¿Tan duro? —dijo Andy, apenada.

Como todos los días lo eran sin ella, sí. No tenía la menor idea de cómo se las arreglaría para soportar la tortura durante otros tres meses. Dylan se sentía como un león enjaulado que no cesa de arremeter contra los barrotes de su prisión en busca de la libertad. Y aunque sonara exagerado como todo cliché, así era. Frustrante, desesperante. Una tortura.

Sin embargo, no lo admitiría en voz alta. Ya bastante tenía Andy con el pesado carro del que tenía que tirar.

—*Ya lo creo* —concedió el irlandés y añadió en un susurro—: *No sabes lo duras que están las cosas por aquí.*

Andy pasó del asombro a la carcajada cuando aquel tono de cazador a punto de saltar sobre su presa le confirmó que no estaban refiriéndose a la misma clase de dureza. Dylan también acabó por reír, aunque en su caso también se mordió los labios pensando que si ella supiera la desesperación que tenía en el cuerpo, quizás, no se reiría tanto.

—Eres genial, Dylan.

En circunstancias normales, aquello ni le habría parecido un cumplido ni le habría hecho maldita gracia viniendo de una mujer. Dylan jugaba fuerte en el plano hombre-mujer y, por lo tanto, lo que halagaba sus oídos masculinos eran otro tipo de afirmaciones. Pero a juzgar por el cimbronazo que le recorrió la columna vertebral y fue a enterrarse justo allí, donde había sugerido que las cosas se estaban poniendo durísimas, hasta eso había conseguido cambiar la criatura menuda por la que había perdido la cabeza. "Genial" en labios de Andy era un señor cumplido. Un halago que pensaba agradecerle en condiciones cuando ella estuviera al alcance de su mano.

—*¿Rendida a mis pies tan pronto? Y eso que todavía no has visto nada... Soy un crack* —anunció con la vanidad en cabecera de pista, lista para despegar.

Andy controló visualmente el panorama que la rodeaba. Neus ya no estaba en la cocina sino en el salón, distribuyendo tazas de café, con la oreja pegada a la conversación que ella mantenía con Dylan. Otro tanto hacía su querida madre, aunque hojeara una revista "Interviú", en apariencia sumamente interesada en los últimos chismorreos de la farándula. Era cuestión de segundos que también apareciera Roser con Luz y la conversación se transformara en una a cuatro bandas. Lo que daría por un rato de intimidad…

—Dime otra vez a qué hora llegas mañana, así me pongo a descontar como los presos.

El irlandés se mordió por dentro y tuvo que hacer un verdadero esfuerzo para no delatarse.

—*A eso de las siete me tendrás pidiéndote una Guiness en Sa Badia.*

Andy se alejó unos cuantos pasos del centro de la escena. Sentía dos pares de ojos clavados en la espalda, pero, al menos, eso era todo cuanto veían: su espalda.

—Ay, se me va a hacer eterno —dijo en voz bajita.

—*Anda que a mí… Venga, preciosa, mejor te dejo que me desconcentras demasiado… De-ma-siado* —Andy sonrió encantada de saberlo. Dylan continuó—: *Quizás no esté localizable hasta la tarde. Si ves que no puedes conectar no te preocupes, ¿vale? En cuanto vuelva a la civilización te llamo. Es que el árabe este se está haciendo la choza en el medio de la nada y ahí solo valen las señales de humo, ¿entendido, nena?*

Andy no pudo evitar carcajearse ante la palabra "choza" con la que Dylan se había referido a lo que, en realidad, era un complejo residencial de grandes dimensiones. Le encantaba los modos del irlandés, su sentido del humor… Todo él.

—Entendido, calvorotas.

—*Muy bien. Dile a tu madre que me alegro de que las cosas hayan ido bien hoy* —sonrió—, *aunque la hayan convertido en un colador… Hasta la tarde, Andy.*

—Gracias, se lo diré. Le hará ilusión saberlo. Hasta la tarde, Dylan.

¿Eterno había dicho? *Diossssssss, qué desesperación*, pensó la joven durante los segundos que tardó en girar sobre sus talones y volver a enfrentarse al panorama que la rodeaba.

—Dice Dylan que se alegra de que te hayan dejado como un colador —anunció mientras se acercaba a la mesa.

—Si es que cuando digo que ese hombre es muy raro... —terció Roser, que en aquel momento entraba por la puerta posterior con Luz en brazos.

Las tres mujeres le dedicaron un revoleo de ojos y Anna se apresuró a disipar cualquier amago de tormenta.

—Dile de mi parte que es un encanto y que si quiere, a las próximas sesiones lo dejo ir en mi lugar —y festejó el comentario con una carcajada que a Andy le quitó un enorme peso de encima.

Sabía que había sido doloroso, aunque ella dijera lo contrario. La conocía lo bastante bien para saber cuándo le estaba mintiendo. Ahora, entre risas y bromas, informaba a toda la familia que seguiría adelante con ese tratamiento "no oficial y escandalosamente caro", y eso significaba tanto para Andy que no escatimó en demostrarlo. Se puso de cuclillas frente a ella y la rodeó con sus brazos.

—Gracias, mami —murmuró.

Anna esbozó una sonrisa tierna y besó repetidamente aquella cabeza pelirroja que, por circunstancias de la vida, había tenido que madurar tan pronto.

El estado de Tess había mejorado considerablemente desde la última vez que había estado allí, en la consulta ginecológica privada del Dr. Perkins. Ya no había sangrados fuera del período menstrual y aunque sus reglas seguían siendo muy abundantes, la anemia estaba remitiendo y su nivel de energía empezaba a parecerse al de siempre. Se decía a sí misma que la cuestión emocional tenía buena parte de responsabilidad en la mejoría y que no debía hacerse ilusiones con que eso significara que el tumor que invadía su útero también estuviera remitiendo. El médico ya le había advertido que aunque respondiera bien al tratamiento, el proceso sería largo. Tess lo sabía muy bien, pero a medida que su salud mejoraba, su ilusión crecía geométricamente. Deseaba tan intensamente tener un hijo que no podía quitárselo de la cabeza. Y eso que cosas de las que ocuparse no le faltaban, pensó la editora con una sonrisa mientras esperaba que su amigo y flamante socio editorial tuviera a bien atender la llamada.

—No te quejes de que te he despertado porque en Boston estas no son horas de dormir —se anticipó Tess.

La voz pastosa y lejana de Terry le confirmó que, en efecto y para no cambiar de costumbres, acababa de despertarlo.

—*Estoy de acuerdo. Pero en Melbourne, donde me encuentro si es que los extraterrestres no me han abducido mientras dormía, son las dos de la madrugada.*

—Ay, lo siento… ¿Quieres que te llame más tarde?

—*Tranquila, ya sabes que me encanta que me despiertes en mitad de la noche* —repuso con resignación, pero enseguida sonrió—: *Menos mal, ¿no? Porque con todas las veces que me has despertado desde que te conozco, cualquier tipo normal te odiaría con todas sus fuerzas.*

Los dos rieron. En realidad, ambos sabían que con la profesión de Terry -fotógrafo de la National Geographic, muy bien considerado por sus jefes- y sus constantes viajes intercontinentales era prácticamente imposible acertar con la hora.

—Para eso necesitarías ser alguien normal y tú, querido amigo, odias la normalidad.

—*No la odio, es solo que no le pega nada a mi estilo. Pobrecita, no es nada chic* —bromeó el afroamericano al que Dakota llamaba cariñosamente *Snowman*— . *Bueno, cuéntame, ¿ya tiene oficina nuestra editorial?*

Hacía pocos días que Tess había recibido los poderes de Terry y Diana, y el plan era registrar la sociedad a primeros de enero.

—Todavía no. Lo que hay disponible me resulta carísimo y lo que me gusta y se adapta al presupuesto, no estará disponible hasta finales de abril. Scott tiene razón. ¿Por qué no empezamos a funcionar desde mi casa? De todas formas, estas primeras semanas estaré yo sola y nos ahorraríamos el alquiler de casi cuatro meses. ¿Qué opinas?

—*Que tu chico no quiere prescindir de sus aperitivos románticos entre comida y cena. Es lógico, teniéndote a dos tramos de escalera, ¿cómo iba a resistirse a la tentación?*

Los aperitivos románticos estaban a la orden del día en la casa de los Taylor-Gibb y no solo entre la comida y la cena, pensó la editora complacida. Naturalmente, no pensaba decirlo en voz alta al individuo más juerguista al este del Atlántico.

—Tomaré eso como un "sí, estoy de acuerdo" y continuaré con el siguiente punto del orden del día —repuso la editora.

"Sí, ya, tú cambia de tema que yo no me doy cuenta", pensó Terry.

—*Estoy de acuerdo* —repuso con sorna haciendo reír a Tess.

—Muy bien, entonces, segundo punto del orden del día… La familia política de Diana ofrecerá una ceremonia especial para conmemorar el octavo aniversario de la muerte de su marido. Me gustaría asistir, pero la boda ha dejado mis reservas bajo mínimos y he pensado que estaría bien que tú asistieras en nombre de los dos. Después de todo, sois socios y todavía no os conocéis personalmente.

Tess esperó con cara de dolor que el largo silencio cesara. Podía imaginarse a Terry tirándose de los pelos, si no fuera porque llevaba la cabeza lisa como una bola de billar.

—*¿Un negro en una conmemoración de blancos, a más inri ricos y confederados? Lo tuyo es sentido del humor y lo demás son tonterías* —explotó Terry, riéndose de pura desesperación.

—Es tu socia… —repuso Tess con tono de súplica.

—*No sé si va a querer seguir siéndolo después de que me conozca, ¿has pensado en el shock que se va a llevar?*

Era culto, inteligente, divertido además de un glorioso ejemplar masculino de casi dos metros de altura. Desde luego que Diana se llevaría una sorpresa, y no en el sentido que su amigo insinuaba. Y él se llevaría otra igual de grande.

—Es una mujer de mundo, Terry. Que haya nacido en el seno de una familia conservadora no significa nada, te lo puedo asegurar. Es más, creo que, en todo caso, la sorpresa te la llevarás tú, querido amigo.

¿Conservadora? ¡Eran los Austin, por amor de Dios! El bisabuelo de la mujer de mundo era un oficial condecorado del ejército confederado. *Muy condecorado.*

Pero en aquel preciso momento la sorpresa se la llevó Tess al ver el esbelto y guapísimo motero que se dirigía hacia ella con sus grandes zancadas, acompañado, como siempre, por el sonido de las cadenas y pinchos que decoraban su indumentaria y la mirada de las tres mujeres que esperaban en la sala junto a ella.

—Scott, has venido… No hacía falta, amor. Solo me dirá los resultados de la ecografía y los análisis, nada más.

Dakota se inclinó a besar los labios de la editora.

—¿Por eso no me dijiste nada esta mañana? —Tess puso cara de culpable. Estaba harta de análisis y visitas al médico, y si podía ahorrarle el tedio a él, lo haría sin pensárselo dos veces—. Que sepas, bollito, que tengo muy buena memoria para lo que me interesa. Tu agenda entera está aquí —se señaló la frente con un gesto sobrado.

—¿También espías mi agenda?

Dakota movió la cabeza afirmativamente varias veces. Con total desparpajo.

—Vaya. Entonces, tendré que tener cuidado con mis citas amorosas… A ver dónde las apunto ahora, que con tanto ajetreo tengo la cabeza en cualquier parte…

No acabó de decirlo que Dakota ya la había tomado por la nuca y saboreaba su boca con la misma avidez de siempre.

—Citas amorosas te voy a dar ti.

—*Pero vamos a ver, Tess… Te recuerdo que aquí son las dos de la madrugada, así que dile a tu enamorado que estás hablando conmigo ¡Y HABLA CONMIGOOOOO!*

La voz de Terry devolvió a Tess al presente y le arrancó una carcajada a Dakota.

—Ay, Terry, perdona… Es que acaba de llegar…

—Hola, *Snowman*. Te preguntaría qué tal, pero ya veo que mi mujer ha vuelto a hacer las veces de despertador —dijo Dakota, interrumpiendo a Tess, y añadió partiéndose de risa—: Sé lo que se siente, tío. A mí también me despierta en mitad de la noche, aunque bueno… no para hablar de negocios…

—*¡Serás cabrón!*

Tess le echó una mirada de fingida regañina a Dakota y continuó hablando con su amigo.

—¿Cuento contigo para que vayas a la ceremonia en nombre de los dos?

—*¿Puedo escoger?*

Tess esbozó una sonrisa.

—Alguno de los dos debería asistir y yo no puedo…

—*Me lo temía. En fin, iré a presentarle nuestras condolencias a la amita Diana* —repuso, imitando el tono que usaban los sirvientes negros en las películas sobre la guerra de secesión norteamericana.

Un buen rato después de que la conversación acabara, Dakota y Tess seguían riendo a cuenta de las ocurrencias de Terry.

La pareja no había esperado a estar a solas para dar rienda suelta a su alegría por las buenas nuevas. Se habían fundido en un abrazo, riendo como chiquillos, ante la mirada complacida del médico. Ahora, un cuarto de hora más tarde, seguían comentando los resultados de los análisis mientras se dirigían tomados de la mano hacia el lugar donde estaba aparcada Princesa.

Había sobradas razones para la alegría ya que los resultados validaban lo bien que se sentía la editora de un tiempo a esta parte; la ecografía mostraba una asombrosa reducción del tamaño del mioma y el resto de los análisis hablaban de un repunte general en el estado de salud de Tess, quien ya podía anunciar oficialmente que había derrotado a la anemia.

Con todo, lo que más ilusionaba a la pareja eran las perspectivas de futuro. En su momento, durante la larga charla que mantuvieron médico y paciente para decidir el tratamiento, y a pesar de la insistencia de Tess, el ginecólogo había descartado de plano el tema embarazo. Había dicho que la clase de mioma que se había desarrollado en su útero debía reducirse por debajo de los cuatro centímetros para tener alguna posibilidad de plantearse un embarazo controlado con menos riesgos. Tess se había aferrado a aquellas palabras como a un clavo ardiendo a pesar de que entonces parecía algo lejano, casi imposible. Ahora, era realizable; un centímetro más y Tess abandonaría la zona de peligro. Después de la angustia de los últimos meses, a los dos les parecía increíble.

—Si mis cálculos no me fallan, en dos meses podría estar haciéndote un hijo. ¡Joder, apúntalo en tu agenda, bollito, así lo tengo controlado que hay que planearlo en condiciones! —exclamo el motero, feliz como nunca.

Tess se echó a reír, contagiada de su alegría. ¿No solo volvía admitir con todo el desparpajo del mundo que echaba mano de su agenda para estar al tanto de las cosas que ella no le contaba, sino además pensaba "planearlo" ? Verlo para creerlo.

—No es una ciencia exacta, amor. Que se haya reducido un treinta por ciento en tres meses de tratamiento, no implica que la progresión continúe igual. Además, ¿desde cuándo planeas nuestros encuentros íntimos? Esto es decididamente nuevo.

—¿Planear… qué? —Dakota se detuvo y la miró asombrado —. ¡Pero ¿qué dices?! ¡Hablo de planear la *fiestuki* que vamos a dar al día siguiente en cuanto el palito se ponga rosa! ¡Con las ganas que tengo de cerrarle la boca a tu madre y a la mía!

El ataque de risa de Tess fue tal que empezó a lagrimear, lo cuál animó aún más a Dakota.

—Tengo tantas ganas que… ¿Sabes qué? Serviremos tarta, una de esas que a tu tía la loca se le da tan bien, con mucha crema y muchas perlitas de caramelo… ¡Y voy a ensartar la prueba de embarazo justo ahí en medio, como si fuera una velita! —Hizo una pausa para reírse a gusto imaginando las caras de las consuegras—. Te digo una cosa; se les indigesta, fijo.

Ver la ilusión en los ojos de Dakota, sentir su alegría, era el mejor regalo del mundo para Tess. Después de los meses aciagos que los dos habían vivido, mucho más. Sin darse cuenta, se encontró acariciándole el rostro.

—Me parece perfecto, amor, pero hay más cosas que planear relacionadas con nuestro bebé. —A Dakota ya habían empezado a temblarle las rodillas antes de que Tess acabara la frase—. No hace falta esperar para hacerlas.

—¿Ah, no?

Tess negó con la cabeza.

—Su habitación, su sala de juegos, su nombre… —Dakota la abrazó de puro impulso, la estrechó fuerte—. Te hace ilusión, ¿verdad?

Mucha más de la jamás habría imaginado. Mucha más incluso de cuando descubrió cuánto deseaba Tess que tuvieran un hijo. Desde entonces, y aunque disimulara, se había transformado en una necesidad.

—Seguro que cuando lleve un mes sin dormir ni follar ni comer tranquilo a cuenta de una renacuaja que no para de berrear la ilusión brillará por su ausencia, pero ¡ahora es la caña!

—¿Renacuaja? —repitió Tess, todo dulzura.

No habían hablado mucho acerca de la cuestión, era cierto, pero no podía ser casualidad que él hubiera usado el género femenino. Estaba claro que el subconsciente acababa de traicionarlo, pensó la editora, enternecida.

Así era. Dakota solo fue consciente de ello cuando Tess se lo hizo notar. Ya era tarde para negarlo, así que…

—Renacuaja. Y sí, llevaré camisetas que digan: "Si sales con mi niña debes saber que no me importa volver a la cárcel" —confirmó el motero, tronchándose.

Y esta vez tuvo que esperar a que a Tess se le pasara el acceso de tos que le dio de tanto reír.

El talante jocoso de Dakota dio un giro de noventa grados en cuanto puso un pie en el MidWay y vio a Ike en la barra. Una de las motos aparcadas en la esquina le había parecido la suya, pero en seguida descartó la idea pensando que después del espectáculo que el imbécil había ofrecido en su boda, dudaba mucho que tuviera el valor de volver a aparecer.

Pero lo había hecho. El de la barra era él, y la mujer que estaba a su lado era nada más ni nada menos que la ex camarera del Club49. Con lo cual, estaba claro que también tendría que recordarle las reglas de la casa a Maverick. El follón era inevitable.

—Tess, sube a casa que yo voy en un rato

Aquello había sonado a una orden y la editora acusó recibo.

—Yo propongo que subamos juntos y sigamos celebrando en privado.

Dakota se mostró todavía más firme.

—Tess, sube. Lo digo en serio.

El motero no se quedó a esperar respuesta. Estaba harto de toparse con las caras de esos dos cuando menos lo esperaba, y no pensaba tolerarlo más.

Sheryl vio a su jefe avanzando entre la gente cual ejército en plena carga y dio la voz de alarma.

—Mav, alerta de nivel cinco —anunció, señalando con la vista el lugar donde estaba el peligro.

El ex-*boy* ahora flamante tercer socio del MidWay dejó de retirar jarras del lavavajillas y controló el panorama.

—Joder… —masculló en voz baja. Encima, traía cara de venir dispuesto a repartir, y no precisamente caramelos, así que no había tiempo que perder. Había que pararlo antes de que organizara un espectáculo que acabara en una facturas de cientos de libras por desperfectos.

Pasó al otro lado de la barra de un salto, despertando el interés de algunas clientes moteras que le halagaron los oídos con silbidos de aprobación. Él respondió con una sonrisa a lo que normalmente respondía siguiéndoles el juego. Por lo general no era más que estrategia de marketing -el público femenino habitual del MidWay aunque vistoso y, a veces, muy llamativo, no casaba con sus preferencias personales-, pero con el combate a punto de iniciarse no tenía tiempo para más.

—Escucha, Dakota…

El motero apartó bruscamente la mano de Maverick de su pecho.

—Como se te ocurra volver a tocarme, empiezo a repartir hostias por ti. ¿Qué coño hace ese tío en la barra, se puede saber? Te dije muy claro que no quiero verlo aquí. Ni a él ni a esa zorra.

A estas alturas, Maverick conocía las malas pulgas de Dakota como si hubieran sido amigos de toda la vida. No era de su agrado, pero había crecido en un bar y estaba acostumbrado a ello. Con lo que definitivamente no podía era con las formas que reservaba a las mujeres, especialmente a las que intentaban ligar con él, o lo habían hecho en el pasado.

—Te están esperando. Han venido a disculparse por lo que pasó en tu boda —intentó explicar con calma, pero al ver la expresión furibunda del motero, lo dijo sin ambages—. ¿Por qué siempre tienes que ser tan bestia con las tías? Vale, te atosigan y estás harto, pero es lo que toca si eres dueño del bar. Hay mil formas de evitar a una mujer, tío, no creo que necesites clases, ¿o sí?

Lo que le faltaba, pensó el motero pelilargo, un bebé de pecho intentado enseñarle cómo manejarse con una mujer. ¿Eran cosas suyas o había que ser muy capullo para no percatarse de qué iba toda aquella historia en realidad? Le daba igual que la tipa flirteara con él o con todo el bar en pleno, para el caso; nunca le había prestado atención y ahora menos. Lo que pretendía evitar era que envenenara a Tess con su lengua ponzoñosa. No era muy complicado de entender, ¿a qué no? Quería pensar que la causa de tanta gilipollez se debía al pañuelito tan molón que llevaba en la cabeza, al estilo pirata, que le estaría cortando la circulación. De otra forma, Evel y él habían contratado a un anormal y estaban jodidos. Pero que bien jodidos.

La llegada de Tess impidió que Dakota dijera en voz alta lo que estaba pensando.

—Hola, Maverick. Lleno como siempre, ¿no? Me gusta tu estilo de hoy. Estoy segura de que tiene relación con la mayoritaria presencia de público femenino —dijo Tess con una gran sonrisa, echando mano de su saber estar habitual para calmar los ánimos. La verdad fuera dicha, el joven no necesitaba acudir a estilismos especiales para encandilar a la clientela femenina; tenía un trato muy agradable, estaba en forma y lucía unas largas patillas a lo Elvis Presley que añadían madurez a su rostro juvenil.

El tercer socio del MidWay le devolvió la sonrisa. Aquella mujer era elegante para todo. En ocasiones, verla aparecer por el bar con sus modales refinados, sus trajes y sus altísimos tacones, rezumando feminidad, le resultaba chocante. Como ahora. No encajaba en absoluto con el público habitual del MidWay.

—Ya lo creo. Hoy a las cinco ya no dábamos a basto… Gracias por el cumplido, pero este bar ya era muy concurrido antes de mí. —Maverick y Dakota intercambiaron miradas. La de Dakota le dijo que se dejara de chorradas, que el horno no estaba para bollos. La de Maverick, que precisamente por eso, lo mejor era dejar de amasar bollos—. Por cierto, le decía a tu marido que Ike y Chelsea llevan un buen rato esperándoos en la barra. Han venido a disculparse por lo que pasó en vuestra boda.

Dakota tensó la mandíbula.

—Sus disculpas me importan una mierda. Lo que quiero es que se vayan, así que o lo haces tú, o lo hago yo —sentenció.

Para asombro de Maverick, la vocecita de Tess actuó a modo de pungi[3], encantando a Dakota como si fuera una serpiente.

—Pues a mí sí que me interesa oír lo que tienen que decir, amor. Especialmente, la señorita.

El intercambio de miradas esta vez tuvo lugar entre Dakota y su bollito. Fue breve y acabó como solían acabar las diferencias

---

3 Pungi: instrumento de viento que utilizan los encantadores de serpientes en India, Sri Lanka y Pakistán.

de opinión en la pareja. El motero tomó a la editora de la mano y, sin mediar palabra, se abrió camino entre la gente hasta el lugar donde estaba Ike, bajo la mirada mezcla de asombro y diversión de Maverick. Siempre había tenido predilección por las mujeres mayores que él y, desde luego, podía entender el evidente embrujo de su socio por esta en particular. Pero tratándose de alguien tan gallito como Dakota, le hacía una gracia tremenda.

Mav fue detrás de la pareja, interesado por ver lo que sucedería a continuación.

Sin embargo, que Tess quisiera darles audiencia (y que él consintiera), no implicaba nada. Dakota seguía en sus trece y abrió la conversación dejándolo claro.

—A mí me la soplan vuestras disculpas, pero Tess está dispuesta a oíros, así que os voy a dar cinco minutos. Después os largáis y no volvéis a aparecer por aquí, ¿nos entendemos?

Ike se apresuró a asentir. Por su parte, aquello era un intento de arreglar las cosas. El cabreo de Dakota estaba a punto de costarle su insignia de miembro de los MidWay Riders, y lo último que quería era enfadarlo más.

Chelsea, en cambio, no se inmutó. Sus ojos brillantes continuaron desnudando al motero de modales bruscos y pésimo genio del que se había encaprichado hacía ya tanto tiempo que empezaba a darle que pensar. Dakota traía el casco en la mano y buena parte de su larga melena rubia continuaba bajo el cuello de la cazadora. Una cazadora negra que debía valer una fortuna y que por elegante (y cara) tenía que ser regalo de su "señora esposa". Otro tanto sucedía con la camiseta. Por suerte, los pantalones no eran regalo de la estirada; tenían demasiados pinchos metálicos en las costuras externas y eran demasiado ceñidos. Qué pedazo de hombre, por favor. De diez por donde lo miraras. Y qué rabia que a él le gustaran los vejestorios… A ella nunca le había durado tanto un capricho, de modo que a lo mejor era algo más. Eso explicaría muchas cosas. Como avenirse a aguantar al egocéntrico con ínfulas de estrella de cine que estaba a su lado, por ejemplo.

—Se me fue la mano con la bebida —reconoció Ike, mirando a Tess genuinamente arrepentido—. Lo estaba pasando muy bien y no me di cuenta de que había bebido de más hasta que Dakota me dijo… Bueno, es igual, está claro que me pasé y siento haberte dado ese mal rato en un día tan importante para ti. Te pido que me disculpes, Tess. No fue mi intención que las cosas se salieran de madre.

"¿Salirse de madre, solamente? Fue un puto desastre, cabrón", pensó Dakota. *No deberías haberte presentado en mi boda con esa zorra, en primer lugar, chaval.* Para sorpresa del motero, fue como si Tess le hubiera leído el pensamiento.

—No me molesta que bebieras de más, Ike —repuso la editora—. Eso es lo que suele suceder en las bodas. En cambio, no puedo decir lo mismo de que eligieras asistir acompañado de alguien que sabes que no es bienvenido por nosotros. Podrías haber escogido no asistir o hacerlo con otra persona, en cuyo caso hoy nada de esto sería necesario. Es un gesto de tu parte, Ike. Desafortunadamente, el daño ya está hecho y tus disculpas no solucionan nada.

Dicho lo cual, los ojos de Tess se trasladaron de Ike a Chelsea, esperando que tomara la palabra. Llevaba mucho tiempo apelando a su sentido común para tolerar a una persona cuya sola presencia le resultaba intolerable. Había demasiado maquillaje en aquel rostro enmarcado por una melena teñida de negro, cortada en capas irregulares. Demasiado descaro en su proceder con Scott y muy poco respeto, no solo hacia ella, también hacia el hombre que la acompañaba. Detestaba esas uñas largas como garras que siempre que la había visto llevaba pintadas de negro y perfectas, como si acabara de hacerse la manicura. Y para completar el cuadro había demostrado ser una mala persona. Solo alguien con muy mala entraña podía decirle a la novia, en pleno convite de boda, que era "un vejestorio del que su flamante esposo yogurín" se cansaría muy pronto, y que cuando eso sucediera, ella estaría esperándolo.

El disgusto era mutuo, pensó la ex camarera del Club49, que exhaló un suspiro a modo de apertura.

—Pues yo no pienso disculparme.

—¿Cómo que no? —intervino Ike—¿A qué has venido, entonces?

Era obvio a qué había ido al MidWay y la expresión de todos daba cuenta de ello.

—Vaya pregunta… A acompañarte, *cari* —repuso Chelsea—. El jaleo lo organizaste tú, no yo, ¿por qué tengo que disculparme? —Y dirigiéndose a Tess, continuó—: Mira, si no soportas que Dakota tenga un pasado, es tu problema. Porque tiene un pasado, ¿sabes? *Tuvimos un pasado juntos.* Y si no te gusta, *me la sopla* —remató usando las palabras que había dicho Dakota, con el mismo tono y mucho más retintín.

La editora tuvo que apelar a toda su educación para mantener el tipo ante aquella salida que le parecía sencillamente insultante. Dakota ya se había abalanzado sobre la ex camarera del Club49.

—¡Eh, quieto, tío! —exclamó Mav. Consiguió detenerlo justo a tiempo, aunque no sabía por cuánto tiempo más, ya que el motero no dejaba de forcejear para liberarse.

—¡Qué tuvimos, ¿qué?! ¡Tú no eres nadie, tía… Nunca has sido nadie! —dijo Dakota a voz en cuello.

Empujó a Maverick para quitárselo de encima sin conseguirlo del todo. Por fortuna, un par de clientes se sumaron a la tarea de evitar una pelea en el bar.

—No te pases, tío —le advirtió Ike.

No acabó de decirlo que un tercer cliente intervino, disuadiéndolo de seguir hablando. Él asintió, dándole la razón. Por más que al dueño del MidWay tres puñetazos bien dados le vinieran que ni pintados, había ido allí a intentar solucionar las cosas, y tal como estaban, pintaban muy mal.

Dakota, en cambio, no estaba por la labor de calmarse. Al igual que Evel, jamás había soportado a la estrella de cine ni entendía qué hacía en los MidWay Riders -como tesorero, nada menos- si ni siquiera conducía una Harley Davidson, lo suyo eran las motos japonesas. Después de liarse con como-se-llame, a quien tampoco soportaba, y de organizar un señor follón en su boda, lo único que quería era hacerlo sangrar.

—Me paso lo que me da la puta gana, *tío* —escupió el dueño del bar.

A pesar de los esfuerzos de quienes intentaban separarlos, los hombres ya estaban nariz contra nariz cuando Tess intervino, situándose entre los contendientes. Si no iba a recibir ninguna disculpa por parte de Chelsea, y estaba claro que no, al menos se permitiría un poco de crueldad femenina.

—Quiero un momento para hablar con la señorita, Scott, por favor —pidió la editora ante el asombro de los presentes y el alucine de su marido que ella ignoró para centrarse en la morena del flequillo al estilo de Cleopatra—. Es evidente que él te sigue interesando, lo cual no me sorprende en absoluto. Sin duda es de la clase de hombres que saben despertar el interés en una mujer y conservarlo. Tienes muy buen gusto, te felicito… Y supongo que, a falta de mejores perspectivas, está bien consolarse con haber formado parte de su pasado. Aunque, para ser sinceros, no lo sé porque no he tenido ocasión de comprobarlo. Yo no soy su pasado, ¿sabes?, soy su presente y también su futuro. Así son las cosas, Chelsea —esbozó una amplia sonrisa dedicada a la bruja que estaba frente a ella, violeta de envidia—, pero si ese consuelo te hace feliz, por favor, no te prives por mí.

Tess se volvió hacia Dakota, acarició su rostro con suavidad. Él se las arregló para besar los dedos femeninos antes de que abandonaran su rostro.

—Me voy a casa —dijo la editora—. Cuando acabes con esta singular pareja, sube… Ah, por cierto, ¿qué prefieres, chino o italiano para la cena?

Ni chino ni italiano; Dakota prefería a Tess y no solo para la cena. Algo que ella no tardó en comprobar por sí misma apenas unos minutos después de haberse marchado del MidWay.

La editora se estaba cambiando de ropa cuando oyó que su marido llegaba a casa. Poco después oyó ruidos provenientes de la cocina, y, a continuación, sus pasos que se acercaban.

Desde la cama, donde se había sentado para quitarse las botas, Tess alzó la mirada. Allí estaba él, con sus buenísimas vistas, su sonrisa ladeada y un bote de mermelada de frambuesa en la mano.

—¿Tan rápido?

—Paso de los dos gilipollas. Que se ocupe, Mav. Tengo cosas mucho más interesantes en vista —repuso el motero, rematando la frase con un guiño.

A continuación, Dakota depositó el frasco de confitura sobre el tocador y empezó a desnudarse a su estilo, con movimientos histriónicos cargados de sensualidad.

—¿Como hacer un estriptis para tu mujer?

—Por ejemplo —repuso, y se dio la vuelta, exponiendo la parte superior de su tatuaje dorsal.

Como siempre, aquel magnético dragón bicéfalo de múltiples colores secuestró la atención femenina durante unos instantes.

—Qué suerte la mía —murmuró Tess, con un punto de humor.

Dakota avanzó hacia ella, desabrochándose el cinturón. Se abrió la cremallera y ayudó a la editora a ponerse de pié tomándola por los codos.

—Te voy a contar una cosa y espero que aproveches bien el dato, ¿lista?

Ella asintió con un ligero movimiento de la cabeza.

—Me pone a mil que fardes de mí. —Tomó una mano de Tess y la puso sobre su bragueta donde su miembro erecto se asomaba por la cinturilla de la ropa interior—. ¿Ves?

Para regocijo del yogurín, su mujer se sirvió a conciencia. Pronto, los dos estaban desnudos, devorándose mutuamente.

Scott siempre era un manjar para Tess, algo que le apetecía en todo momento. Como hombre lo encontraba subyugante y él no dejaba de encandilarla con sus avances, fueran románticos o directamente sexuales. Avances que sucedían de manera espontánea, sin necesidad de preparación. Ahora, estaba claro que ella sería su cena aquella noche y el hecho de que hubiera elegido darle la espalda a una buena pelea y subir, le parecía todo un cambio de actitud en alguien que se había ganado a pulso la fama de pendenciero. Pero si, como intuía, estaba relacionado con algo que ella hubiera hecho, también quería tenerlo claro. Porque si era así, en efecto, pensaba aprovechar muy bien "el dato".

—¿Fardar? —murmuró Tess, abandonando los labios del motero solo el tiempo necesario para pronunciar sus dos únicas frases—. ¿Me recuerdas lo que significa, amor?

Ay, joder… Te voy a comer entera, Bollito.

Era deseo, Dakota siempre la deseaba con locura, pero también era amor. Un amor que crecía imparable y que amenazaba con desbordarlo cuando ella sacaba a relucir a la *repipi* dulce como la miel que llevaba dentro.

La primera respuesta fue física. Dakota se dobló sobre ella, estrechándola fuerte contra él. A continuación, sus labios se regodearon durante un buen rato en la suavidad de su piel.

Finalmente, llegaron las palabras. Fueron pocas, al grano y cargadas de un deseo abrasador.

"Alardear, bollito. Me pone como una puta moto que alardees de mí."

Se suponía que debía vestir el uniforme de invierno, pero después de toda una vida en Londres, los inviernos menorquines le sabían a primavera inglesa. Tras mucho insistir, Ciro había conseguido que renunciara a las elegantes sandalias con base de esparto que constituían parte del uniforme de verano, pero nada más. Y a pesar de la ligera camisa que llevaba bajo su chaqueta de jefa de sala, el calor ambiental le estaba haciendo pasar un mal rato. Entre eso y la ansiedad porque llegara el día siguiente y volver a ver a Dylan, parecía como si tuviera hormigas por el cuerpo. No paraba quieta.

Ciro, que echaba un vistazo a las reservas en el ordenador, sonrió al ver entrar a Anna acompañada de Neus en el restaurante.

—¿No te mandaron reposo a ti? —le dijo a su tía fingiendo una regañina.

Anna le acarició el rostro afectuosamente al pasar junto a él, camino de su banqueta favorita de la barra.

—Cariño, si reposo un poco más entraré en hibernación. Llevo "reposando" desde las diez de la mañana. Echa cuentas. Además…

La voz de Andy interrumpió la conversación de tía y sobrino.

—¡Pero mamá, ¿qué haces fuera de la cama?!

Ciro le echó una mirada con el mensaje "te lo dije", la misma que le echó Neus, aunque, en su caso, pasaría de añadir nada más. Llevaba todo el camino desde casa, diciéndole que "su niña" se iba a enfadar de verla allí, y con razón.

—Justo eso iba a decirle a tu primo; que venía a ver a mi preciosa hija. Ahora que no necesito tomar un autobús y el metro para hacerlo, ningún médico me va a impedir que disfrute de ti a gusto —respondió Anna ofreciendo una sonrisa al ceño fruncido de su hija—. Ven aquí y dale un beso a tu madre. Mejor que sean dos.

Andy meneó la cabeza, sus ojos buscaron los de Neus, quien hizo un gesto con las manos.

—A mí no me mires. Tu madre siempre ha hecho lo que le ha dado la real gana y tú eres igual que ella, así que aguanta como una campeona un poco de tu propia medicina.

Andy hizo lo que Anna pedía, pero después de los dos besos, volvió a la carga:

—A ver, señora mamá. —Consultó su reloj de muñeca—. A las nueve, como muy tarde, te quiero ver saliendo por esa puerta. Me encanta que vengas a verme, pero el médico te ha dicho que la primera semana de tratamiento le des descanso extra a tu cuerpo y lo que de verdad me encantaría es que le hicieras caso, ¿vale, mami? Por favor.

Anna apretó cariñosamente la mejilla de su hija.

—A la orden, mi capitán —y volvió a robarle otro beso.

Recién en aquel momento Andy se permitió relajarse y volver a ser la muchacha jovial que todos conocían.

—¿Os pongo un poco de la crema de mariscos que ha preparado el chef hoy? ¡Está para chuparse los dedos!

—Eso ni se pregunta —dijo el creador del plato.

—¡Claro que sí! —exclamó Anna—. Mi médico no dijo nada de las comidas, así que… ¡me apunto a una cremita!

—Y yo paso de lo que diga el mío, así que también me apunto —terció Neus, acomodándose en el taburete junto a su hermana.

Andy se dio la vuelta, animada, para ir a por los platos cuando cayó en la cuenta de que en aquel panorama familiar faltaban piezas.

—Oye, ¿dónde habéis dejado a Luz?

Las hermanas intercambiaron miradas divertidas. Neus fue la primera en festejar con una risotada la pequeña maldad que acababan de llevar a cabo.

—¡Haciendo de carabina de tu hermano! —exclamó partiéndose de risa de su propio chiste.

Anna despejó la incógnita.

—Tanto que alardea de que la pequeña es la más bonita de la casa y de que es un encanto de buena y bla bla bla... Pues cuando veníamos de camino para aquí, se encontró con una "amiga especial" del instituto —explicó haciendo el gesto de entrecomillar la palabra—, así que tu tía y yo hemos pensado que la pequeña Luz se quedara con él. Para cuidarlo, ¿sabes? ¡Y nos hemos venido solas!

Andy miró a su madre con la boca abierta.

—¡Pero qué malas, pobre Danny! —dijo riendo cuando consiguió salir de su asombro.

—Bueno, malas hasta cierto punto, porque ver a un hombre con un bebé ablanda según qué corazones, ¿lo sabéis, verdad? —intervino Ciro, que había apoyado los codos sobre la barra y disfrutaba del cotilleo familiar.

—¡¿Hombre?! ¡Qué hombre ni leches, si todavía es un niño! —terció Neus.

—No es tan niño, madre —insistió Ciro—. A su edad, yo ya había roto unos cuantos corazones...

—Y los sigues rompiendo, si es por eso... No me lo recuerdes, por favor, Ciro, que como sigamos así, voy a ser abuela en otra vida...

El chef se enderezó como si le hubiera dado un calambre haciendo que Anna se desternillara.

—Creo que será mejor que sigas en la cocina, sobrino.

Ciro no se lo hizo repetir.

—Sí, tú corre, cobarde... —le dijo Neus a la espalda de su hijo que pronto desapareció de la vista.

Ciro tenía razón al decir que ver a un hombre con un bebé en brazos era un potente desintegrador de corazones femeninos.

Andy pudo comprobarlo por sí misma más tarde, cuando Sa Badia ya había abierto sus puertas al público y apareció Dylan empujando un carrito de bebé vacío, con su cabeza rapada, sus buenas vistas de siempre... Y Luz en brazos. Todos los ojos femeninos de la sala enfocaron en un mismo punto: él.

"Diossss, estás para comerte".

Al pensamiento siguió un suspiro, un segundo después la plena conciencia de que no, no estaba soñando: todavía era jueves y Dylan ya estaba allí, con ella, y finalmente, la carrera hacia el irlandés que la esperaba con una sonrisa y su único brazo libre preparado para abrazarla.

—¡Dylan, ay, Diosssss, ya estás aquí!

Él, práctico como de costumbre, le dio a su boca un uso distinto que el de hablar. Todos los clientes que ocupaban mesas próximas a la zona de la barra recibieron un aperitivo inusual en Sa Badia, pero igualmente apetitoso que el resto de la carta: el beso apasionado de una pareja mientras el bebé que el hombre sostenía en uno de sus brazos intentaba agarrar el flequillo de la mujer que mantenía pegada a él con su brazo libre. Constituían un cuadro poco corriente y no solo por el momento apasionado que compartían ajenos a todo cuanto les rodeaba, también por el contraste. La gran envergadura de él, la gran juventud de ella, el gran empeño del bebé de tres meses por enredar sus dedos en el pelo de la muchacha...

A regañadientes, Dylan permitió que los labios de su chica lo abandonaran. Andy tampoco deseaba poner fin a aquel momento, pero los comentarios graciosos que empezaban a oírse aquí y allí contribuyeron a que recobrara el sentido de la realidad; por más romántico que fuera el momento, que la jefa de sala del restaurante más famoso de la isla se estuviera dando un morreo[4] en pleno turno de cenas no era lo más apropiado.

---

4 Darse un morreo: de morrear. Besar a alguien en la boca de forma insistente o prolongada.

—¿Lo dije o no, madre? —exclamó el chef cuando la pareja ya había dejado de besarse—. ¡Y yo voy y me lo pierdo! Si es que me paso el día encerrado en la cocina y así, claro, ¿cómo no me lo voy a perder todo?

—Qué cotilla eres —replicó Andy ocultando el rostro en el pecho de Dylan un poco incómoda con la situación. En el fondo no pudo evitar pensar que menos mal que era la semana de Ciro y no la de Pau, ya que la reacción del menorquín ante aquel arrebato romántico habría sido muy diferente.

Tanto la madre como la tía del chef continuaban absortas en las vistas, de modo que aunque fueron vagamente conscientes de su comentario, no se molestaron en responder.

Quien lo hizo fue Dylan.

—Tranquilo, tío, no sabes las ganas que tengo de repetirlo. —Acto seguido, volvió a adueñarse de la boca de Andy en otro beso de película. Y como en esta ocasión Luz consiguió asir el flequillo que tanto se le había resistido antes, el momento acabó en risas.

—No ha estado mal —opinó Ciro, risueño—. Nada mal… Míralas —señaló a las hermanas Estellés—, creo que las has conquistado, chico. Y de mi prima, mejor no digamos nada, claro. —Sus ojos picarones se posaron sobre el rostro arrebolado de Andy que supo, sin ningún género de dudas, que en quince días todavía seguiría aguantando bromas a cuenta del momento arrebato. Entonces, se oyó una voz que lo requería en la cocina y el chef alzó los brazos cómicamente—. ¡Voooooooy, que no cunda el pánico, que ya voy! ¡Tranquilos, mis valientes, que el intrépido Ciro Montaner sofocará la revolución de las langostas de un sartenazo y las devolverá a la caldera!

Dylan echó a reír de buena gana. Aquel tipo le caía todo lo bien que Pau no le caía. Ciro le parecía muy buena gente.

Andy tomó a Luz en brazos y depositó un beso sonoro sobre su rechoncha mejilla. Sin embargo, por una vez, su concentración no estaba en aquella niña que tanto le recordaba a su hermana, sino en el hombre cuyo brazo todavía rodeaba su cintura. Lo miró con los ojos llenos de estrellas.

—No puedo creer que ya estés aquí… Necesito que alguien me pellizque, de verdad.

—Y si te beso otra vez, ¿me creerás?

—Si me besas de nuevo es bastante posible que pierda definitivamente la chaveta. ¡Vamos a salir en las noticias sin necesidad de que nos vean juntos en ningún sex-shop!

Aquella alusión a la primera broma que habían compartido después de que él dejara a todo el mundo con dos palmos de narices presentándose sorpresivamente en la isla, acarició su vanidad masculina de una forma que ni siquiera Andy era capaz de imaginar. Jamás había medido tanto cada palabra como lo hizo aquel día, consciente de lo que estaba en juego. Que ella las recordara, a pesar de lo nerviosa y desconcertada que estaba, hablaba alto y claro de que habían sido acertadas.

Él movió las cejas sensualmente haciéndola reír y la pequeña Luz, que no entendía lo que se cocía entre la pareja, rubricó el fin del momento romántico con una de sus risitas simpáticas.

—¿Te quedas o nos vemos cuando acabe de trabajar?

Dylan se inclinó y dejó un último beso sobre sus labios.

—Me quedo. Llevo cuatro días sin verte y necesito mirarte… —torció la boca en un gesto pensativo. Los ojos femeninos quedaron enganchados en el movimiento de aquellos labios voluptuosos— y otras cosas que no puedo hacer aquí. Pero de esas ya me ocuparé después…

Andy continuó absorta en Dylan. Primero habían sido sus labios, ahora sus palabras y aquel tono suavecito…

—Hola, ¿sigues conmigo o ya estás soñando con después? —murmuró él junto a su oído. Sonreía y el roce de sus labios al hablar le estaban erizando el vello y todo en conjunto hacía sentir a Andy como si no estuviera mirando el mundo al ras del suelo. Era bonito y embarazoso… Y mágico.

—¡Bienvenido, Dylan! Ya veo que mi hijo te ha encasquetado[5] a la niña… Ven, siéntate con nosotras —intervino Anna.

En realidad, había sido Dylan quien se había ofrecido. Le había dado pena el chaval, intentando hacer mérito con la misma chica con la que lo había visto el fin de semana en el centro comercial, mientras Luz no dejaba de berrear para que la sacaran del carrito.

—Y tú, dame a esa princesa hermosa —le dijo Neus a Andy, extendiendo los brazos hacia la pequeña—. Eso, siéntate con nosotras, muchacho… Te esperábamos mañana, ¿no? —Sus ojos recorrieron el círculo de conversación. Vio que su hermana asentía y que su sobrina estaba en Babia—. ¿Has cenado? ¡Ciro, ¿queda un poco de esa cremita tan buena para Dylan?! —pidió en voz alta.

Y así, en un santiamén, el irlandés volvió a encontrarse rodeado de personas que se desvivían por atenderlo, bajo la permanente mirada de Andy. Era como si no hubiera estado ausente cuatro días. Como si todavía fuera domingo y siguiera en el patio de la casa familiar de los Estellés.

Una experiencia insólita para él, que Dylan empezaba a encontrar muy agradable.

Andy abrió los ojos. Intentó situarse y cuando lo hizo, una sonrisa apareció en su rostro. Una que nadie vio porque la habitación estaba a oscuras como una boca de lobo. Oleadas de placer la recorrieron por entero al pensar que aquella no era su propia cama ni estaba sola en ella. Lo que daría por quedarse… Pero su sueño estaba regido por el reloj biológico de Luz, de modo que si se había despertado era porque se acercaba la hora

---

5 Encasquetar: (coloq.) encargar a alguien una cosa molesta o pesada.

de su toma. De la de mitad de la noche se había encargado Neus, así que debía ser de día ya.

Con cuidado de no despertar a Dylan, se deslizó fuera de la cama. Avanzó de puntillas por la habitación y entró en el baño. Solo después de cerrar la puerta silenciosamente, encendió la luz. La imagen reflejada en el espejo devolvió la sonrisa a su rostro juvenil. No había forma de negar a qué había dedicado parte de la noche. Dejando a un lado las agujetas, siempre presentes cuando se trataba del irlandés que era exigente en el cuerpo a cuerpo y las rozaduras que tenía por toda la piel, el eye-liner se había corrido y con la ayuda del rímel, habían hecho un verdadero desastre alrededor de sus ojos. Con todo lo peor era su boca. Enrojecida e hinchada, era la de una mujer a la que habían estado comiendo a besos durante horas. Que era exactamente lo que había sucedido. A Dylan lo enloquecía besarla, y a ella, sus besos, así que se habían puesto las botas[6].

Bueno, *lo peor de lo que quedaba a la vista*, pensó Andy cuando sus ojos bajaron hasta sus pechos. A Dylan también lo enloquecía esa parte de su anatomía y, claro, la locura era mutua. Se los cubrió con las manos y cerró los párpados cuando los recuerdos llegaron trayendo consigo las emociones. Los pezones se pusieron dolorosamente duros en un instante y tuvo que luchar contra las ganas de volver a la habitación y despertarlo.

Pronto descubrió que no le haría falta. Cuando volvió a abrir los ojos decidida a dejar de pensar en cosas tan placenteras, se encontró con unos enormes ojos grises que la contemplaban a través del espejo.

—¿Te desperté? Perdona… —Su gesto de pena, que le costó horrores poner, no engañó a nadie.

—¿Perdonarte por qué? Se me pone dura solo con mirarte… —Avanzó hacia ella hasta situarse justo detrás. Sus dedos le rozaron el contorno de cuerpo en una lenta caricia ascendente y

---

6 Ponerse las botas: hartarse de algo placentero.

él suspiró cuando los pechos de Andy le llenaron las manos. Los apretó posesivamente—. Por favor, dime que no tienes que salir corriendo…

—Debería… —Se estremeció cuando aquellos hábiles dedos empezaron a pellizcarle los pezones.

Algo que sucedió casi al mismo tiempo que la lengua de Dylan tomó una de sus orejas por asalto, abrasándola con el calor de su aliento, excitándola con sus insistentes incursiones.

—¿Hay algo que pueda hacer para convencerte de que te quedes?

Y cuando Dylan acabó la frase, ya lo estaba haciendo.

Empezó a juguetear, acercando la cabeza de su miembro al rincón que se moría por penetrar, y ese fue el momento en que Andy supo que no se marcharía de allí sin tenerlo todo dentro al menos una vez más.

En una de las múltiples llamadas de control a la casa materna, Andy se había llevado una gran sorpresa. Al preguntar por Danny, Anna había respondido "con Dylan". Lo había dicho sin más, como si fuera lo más natural del mundo.

Aquello fue la excusa perfecta para hacerle otra llamada al irlandés.

"Como si necesitara excusas", pensó al tiempo que se encerraba en el vestuario en busca de un rato de tranquilidad. Aquel viernes estaba siendo una locura en el trabajo porque al trajín habitual de un día que los menorquines parecían adorar más que el resto del mundo occidental, una de las camareras había sufrido un accidente doméstico. Nada grave, por suerte, pero tenía para varios días de baja, lo cual suponía que Andy no podría ausentarse de su puesto sábado y domingo como tenía previsto. Quizás, milagro mediante, solo el domingo. No, desde luego, excusas no necesitaba; lo que necesitaba era ración doble de Dylan para compensar el malhumor que tenía desde que se había enterado de que sus planes de fin de semana se habían ido al garete.

Dylan demoró más de lo habitual en responder, pero tras librarse de las manchas de grasa más gordas con un trapo, sacó el aparato del bolsillo trasero de sus vaqueros con dos dedos. Sonrió al ver el nombre que parpadeaba en la pantalla. Le hizo un guiño a Danny que en aquel momento lo estaba mirando, y soltó uno de sus chascarrillos.

—*¿Qué, echándome de menos tan pronto?*

La risa de Andy acarició los oídos del irlandés. Fue casi como si estuviera de cuerpo presente y no fuera su risa, sino su mano lo que lo acariciaba. En su mente, esa mano juguetona ya le estaba aflojando el cinturón y colándose dentro de sus bóxers.

—¿Y tú, qué? ¿Te llevas a mi hermano para que mi ausencia se te haga más llevadera?

Ay, si yo te contara…

—*No me tires de la lengua, preciosa, que luego tus castos oídos pasan un mal rato…*

Los dos rieron. Danny bajó la cabeza y continuó trabajando en la moto de su hermana. También sonreía, Dylan lo vio y aunque en aquel preciso momento el noventa y nueve por ciento de su atención la tenía Andy, ese uno por ciento fue suficiente para confirmar que el chaval iba recobrando la normalidad, que ya no estaba ausente como cuando se habían conocido. Eso lo alegró.

—No se lo digas, ¿eh?, pero me hizo mucha ilusión cuando mi madre me dijo que estaba contigo. Vive rodeado de mujeres, necesita un hombre cerca. Un hombre adulto que no lo vea como un adolescente rebelde —hizo una pausa premeditada tras la cual dijo en un tono bajo que rezumaba dulzura—. Gracias por ocuparte de él, eres mi héroe.

Guaaaaaaaaaaaaaaaaauuuuuuuuuuuuuuuuuuu. ¡Qué bien había *sonado eso!*

—*Ya* —respondió Dylan, midiendo sus palabras para no alertar al muchacho de que gracias a él se presentaba otra noche loca en perspectiva—. *Luego te daré un par de ideas de cómo recompensar mis esfuerzos.*

Pero por mucho que Dylan midiera sus palabras, el tono que empleó fue lo bastante inspirador para Andy que exhaló un suspiro y decidió que mejor, cambiaban de tema.

—¿Qué hacíais?

El motero bajó la vista sonriendo para sus adentros. Le encantaba la mujer espontánea de las distancias cortas y esta, la que se inhibía cuando las distancias no eran tan cortas… Esta lo volvía loco.

—*Arreglarle la suspensión a tu moto.*

Andy frunció el ceño.

—¿Y cómo vas a arreglársela si la tengo yo?

—*A ver, nena… Lo que tienes que decir es "¡¿Sí? ¿Estás arreglando mi moto?! ¡Gracias, mi amor! ¡Eres el mejor!"…*

Danny volvió a levantar la vista al oír la voz afeminada que ponía el novio de su hermana. No pudo evitar reírse. Aquel tipo estaba como una cabra, pensó. ¿O era eso lo que le gustaba a las tías?

Andy también reía, pero pensaba en cosas diferentes.

—¿Mi amor? —repitió, divertida.

—*Por ejemplo. "Tío bueno" también vale. Según, ya sabes…*

Según los oídos de quién quisiera adular, estaba claro, si los del cazador o los del hombre enamorado.

—Vale, *tío bueno.* —Otra andanada de carcajadas por parte de los dos impuso una pausa tras la cuál Andy continuó—: ¿Y cómo se supone que voy a verte cuando acabe mi turno si Lola está contigo?

—*Habrá un todoterreno supercañero aparcado en la puerta esperando para llevarte a comer, con un tío cachas al volante y quizás*

—le hizo un guiño a Danny—, *un chaval bastante parecido a ti de acompañante, si se apunta.*

Los ojos de Andy se llenaron de ilusión. Estaba alucinando con la clase de persona que se ocultaba bajo toneladas de tatuajes y practicidad. Su imagen crecía con cada nuevo descubrimiento que hacía de él.

—¿Sí, vendréis los dos? ¡Gracias, mi amor, eres el mejor!

Danny se ocupó de devolver a Dylan al planeta Tierra con una frase lapidaria:

—¿Bastante parecido a mi hermana? Tío, tú necesitas gafas.

Finalmente, el hermano de Andy no se había apuntado a la comida. En realidad, tampoco fue propiamente una comida, ya que a esas horas procedía más una merienda, pero sentados en un rincón tranquilo de uno de los lugares favoritos de Andy, la pareja estaba disfrutando de un tentempié apetitoso y de su mutua compañía. Algo que a la joven todavía le seguía pareciendo un sueño. De tanto en tanto, la conciencia de que era Dylan y estaba allí un día antes de lo planeado... Andy volvió a menear la cabeza cuando el pensamiento regresó a su mente por enésima vez.

—Todavía sigo sin creer que estés aquí... ¿Cómo te las arreglaste para poder adelantar el viaje?

La muchacha tuvo que esperar un poco para oír la respuesta. Dylan había re-descubierto la gran versatilidad de la sobrasada[7] y llevaba un buen rato alabando la calidad de los canapés de

---

7 Sobrasada: embuchado grueso de carne de cerdo muy picada y sazonada con sal y pimiendo molido, que se hace especialmente en la isla española de Mallorca.

cambembert con dicho embuchado de carne de cerdo, y cebándose con ellos.

Él tragó el último bocado, dio un buen sorbo a su cerveza y haciendo un gesto de "¡qué bueno estaba!", se dispuso a responder.

—Hay una programación semanal. La hice yo así que es bastante exacta, pero, a veces, si todo va sobre ruedas y nadie se retrasa, acabo antes el trabajo y… —movió las cejas sensualmente— tengo más tiempo para dedicar al placer.

Y no aclaró que habían sido él y su desesperación por verla, los responsables de que todo hubiera ido sobre ruedas; se había pasado la semana metiéndole prisa a todo el mundo.

Andy le dejó una caricia sobre la barbilla. Era un encanto y le daba mucha rabia que por su culpa no pudieran disfrutar del fin de semana como estaba planeado. Aún no se lo había dicho, pero ya era hora.

—Por aquí las cosas no han ido sobre ruedas. Una de las camareras se ha quemado la mano y parte del brazo mientras le hacía la cena a la familia y estará de baja dos semanas como mínimo. Así que… Si ya era un problema que me tomara los fines de semana libres con el personal al completo, ahora… Lo lamento muchísimo, Dylan.

Los ojos de la muchacha hablaban de emociones más fuertes que un simple lamentar. Estaba rabiosa, se le notaba. Sin embargo, a Dylan le pareció que había más que enfado por el asunto puntual de la camarera de baja. En el MidWay trabajaba muchas más horas, normalmente era la que cargaba con las consecuencias de bajas, ineptitud de las nuevas incorporaciones y demás desgracias por el estilo, y su talante, que recordara, era completamente diferente. Aquello le gustaba, se sentía cómoda en el MidWay, aquí era diferente. Y esto sí que le preocupaba.

—Tranquila, ya se me ocurrirá una forma de que me compenses —dijo él al tiempo que le hacía un guiño—. Además, mañana estoy invitado a cocinar codorniz con el chef Ciro

Montaner en la cocina del Sa Badia, ¿recuerdas? A ver qué se puede hacer entre los fogones teniendo a mi chica tan cerquita...

Su mirada de cazador, en parte mezclada con unos sentimientos que cada vez resultaban más evidentes, y esa actitud tan suya de minimizar los asuntos, de quitarles hierro, constituían, sin saberlo, un tremendo afrodisíaco para Andy. La hacía sentir el impulso de olvidarse de convenciones sociales y comérselo a besos allí mismo. Y lo peor (o lo mejor, según se mirara); sabía perfectamente que era cuestión de tiempo que dejara de resistirse al impulso.

—No sé si se podrá hacer gran cosa entre esos fogones, aparte de cocinar cosas ricas, pero te garantizo que para mí el trabajo será mucho más llevadero sabiéndote tan cerca —esbozó una sonrisa tristona—. Lo lamento de verdad, Dylan.

Él asintió. A él también le resultaría mucho más llevadera cualquier tarea si podía alzar la vista y alegrarse los ojos con una mujer que le encantaba la mirara por donde la mirara, pero una vez más tuvo la sensación de que había un cierto deje de hastío. Quizás fuera el momento de meter baza.

—No estás a gusto en el restaurante.

No había sido una pregunta y Andy pensó que tal vez debería negarlo. Porque no hacerlo daría lugar a una conversación que no le apetecía tener en aquel momento. Quería disfrutar a fondo los pocos ratos con Dylan a su aire de que dispondría el fin de semana y tampoco sabía exactamente qué le sucedía. Algo había, estaba claro, para que cada día se le hiciera más cuesta arriba ir a trabajar. Por otro lado, necesitaba esa clase de intimidad con él, la de hablar sin tapujos, la de quitarse la careta de felicidad que llevaba puesta las veinticuatro horas del día por necesidades del guión. Esa también empezaba a pesarle.

—Creo que últimamente solo estoy a gusto cuando estoy contigo... Y con mi familia, claro —se apresuró a matizar porque la emoción que siempre la invadía al pensar en él, había hecho que sonara a excusa romántica para evitar el meollo de la cuestión—. Me gusta saber que los tengo a la vuelta de la esquina, que mi madre puede venir a tomarse un café conmigo todos los días, ver a Danny y a Luz cuando la saca a pasear después de comer… Es un buen trabajo y todos me tratan genial pero, no sé… Llevo toda mi vida adulta pensando en lo que conviene, siempre haciendo cuentas para llegar a fin de mes, y ahora que ya no tengo que hacerlas… Bueno, no es que sobre mucho, pero al menos, no falta.

Andy hablaba con la vista perdida en algún punto de la mesa, como si hablara consigo misma. Dylan, en cambio, la miraba atentamente.

—No sé, piensas que ya habrá tiempo de hacer otras cosas, que ahora lo importante es poner comida en la mesa y… —un día aprendes a las bravas que el único tiempo que tienes es ahora, este momento, pensó para sí, que se le ocurrían millones de maneras mejores de aprovecharlo. Alzó la vista y esbozó una sonrisa—: Tonterías mías, está claro que necesito unas vacaciones. No me hagas caso. ¿Qué tal está Lola, por cierto? ¿*Habemus* suspensión nueva o todavía no?

—Lola está sobre dos caballetes. —Al ver que Andy fruncía el ceño, aclaró—: Me gusta engrasarme las manos, ya te lo dije. Aunque en su momento no me creíste —añadió con guasa haciéndola reír al recordar aquel día en Londres que empezaron a hablar de formas de desestresarse y acabaron, como casi siempre, enredados en un cuerpo a cuerpo que hizo temblar el edificio—. A tu moto le hacen falta unos cuantos ajustes. El domingo la tendrás lista. Así yo entretengo mis manos en algo útil cuando tú estás trabajando y dependes de mí para moverte por la ciudad, lo cual me encanta. Set y partido, ¿qué te parece?

—¿Te encanta que dependa de ti?

En realidad, lo que le encantaba eran sus agradecimientos, pero no pasaba nada por ser un poco galante.

—Claro, preciosa. ¿No es evidente?

Sus grandes ojos grises mostraban un asombro que Andy no se creyó. Dylan debía ser el tipo más independiente del planeta. Las personas así deseaban que alguien dependiera de ellos tanto como depender de otros.

Andy le echó una mirada sardónica que no empañó su permanente sonrisa jovial.

—Te imagino muchas cosas pero disfrutando de la dependencia, precisamente, no. Te gusta ser independiente y a mí me encanta esa faceta de ti.

Él le robó un beso corto pero apasionado que la tomó por sorpresa y avivó el impulso de dejarse llevar.

—A ti te encantan todas mis facetas —replicó.

Dylan era intenso para todo y en todo momento. Un beso suyo, por más casual que fuera, era como una invasión: su mano se enterraba en el cabello de Andy a la altura de la nuca y la mantenía firme a la distancia adecuada. Entonces, se adueñaba de su boca y le hundía la lengua hasta la garganta. Posesivo total.

La llegada del camarero interrumpió el momento y cuando volvieron a quedar a solas, él desvió la conversación hacia otros derroteros. Fue directo, como siempre.

—¿No has pensando en trabajar para ti, en ser tu propio jefe? También es posible poner comida en la mesa haciendo algo que te gusta sin darle cuentas a nadie.

Andy sonrió divertida.

—Oye, cuando dije que de mi sueldo sobraba poco, quería decir poco de verdad. Dime una cosa, ¿tengo cara de disponer del dinero que hace falta para abrir un negocio propio?

—La cuestión es si quieres, nunca si puedes.

—Eso será si te llamas Mitchell. Si te llamas Avery las cosas son un pelín más complicadas…

Él se recostó contra el respaldo del asiento y la miró sumamente interesado. La tenía por una persona muy inteligente, así que lo que oía no acababa de cuadrar con lo que pensaba de ella.

—Tienes veintidós años. No hay nada complicado a esa edad. Y además, ¿Avery, en serio? Hasta las *sargantanas* conocen tu abolengo, Andy. Dudo mucho que algún banquero de esta isla tuviera el menor problema en financiarte.

La joven lo miró interrogante. No había pensando en ello, pero tal como decía Dylan, conseguir el dinero necesario, probablemente, no sería un problema.

—¿*Sargantanas*? ¿De dónde has sacado eso? —Lo había dicho en perfecto menorquín y le servía en bandeja la excusa perfecta para cambiar de tema.

Dylan sonrió para sus adentros.

—¿Qué pasa, lo he dicho mal?

Ella negó con la cabeza. Sonrió al tiempo que seguía estudiándolo con la mirada.

—Noooooo… Me extraña, nada más. No es una palabra corriente para un extranjero. La mayoría lo llama lagartija.

El irlandés acomodó su metro noventa de vanidad en el asiento y estiró los brazos sobre los mullidos reposa-brazos, dispuesto a disfrutar a tope del momento.

—No soy como la mayoría, preciosa —replicó comiéndosela con los ojos.

ENTRE-HISTORIAS 2

Jueves 17 de diciembre de 2009.
Restaurante Sa Badia.
Ciudadela, Menorca.

El ambiente estaba cargado de expectativa aquella mañana. La tarde anterior, Pau había tenido que regresar a Barcelona de urgencia. No se habían ofrecido detalles al personal, pero todos llevaban años trabajando para los Estellés y sabían que la palabra urgencia asociada a un viaje a Barcelona solo podía estar relacionada con la batalla legal que el único hijo varón del patriarca mantenía con su ex esposa desde hacía cinco años por la custodia de la pequeña Alba.

En efecto, así era. Pau sabía que su ex llevaba una vida disipada. De hecho, descubrirlo, había sido la razón del divorcio. Pero ella era muy cuidadosa y nunca había conseguido pruebas lo bastante concluyentes para convencer al juez de inclinar la balanza en su favor en lo relativo a la custodia. Esta vez, sin embargo, la habían pillado *in fraganti*. Andy dejó lo que estaba haciendo y se dirigió al vestuario a prisa para guardar la chaqueta en la taquilla. Lo sentía en el alma, pero o bajaban la calefacción o se pasaría todo el invierno vistiendo el uniforme de verano. Otra razón, no confesa, para salir del radio de acción de sus compañeros de trabajo/familia era Dylan. Habían quedado en que durante las horas de trabajo no se llamarían ni se enviarían mensajes. Era una norma de la empresa que los empleados no podían llevar sus móviles encima mientras estaban en las dependencias del restaurante y la naturaleza del trabajo de Dylan, hacía que pasara parte del día poco o nada localizable. Además, ya no eran adolescentes, podían aguantarse y hablar tranquilamente por la noche.

Pero eso era solo la teoría. En la práctica, el día se le hacía eterno sin noticias del irlandés. Además, era jueves y a Dylan le gustaba sorprenderla y… Dios, necesitaba saber si el tormento estaba a punto de acabar o si todavía tendría que sufrir un día más.

Porque sí. Vivir así, cada uno en un punto diferente del planeta, era un tormento. Un tormento gordísimo. No quería imaginar lo que sucedería si alguna semana las cosas se torcían y Dylan no podía viajar. Se preguntaba si a él le pasaba lo mismo, si también sentía que las horas transcurrían irritantemente despacio, si también se descubría sonriéndole a las cosas mientras la mente estaba a kilómetros del lugar, retozando en recuerdos placenteros… Si alguna vez había habido una novia, de las que llevas a casa a comer y les presentas a tu familia. Y, ya puestos, si en verdad existía tal familia, algo más sólido que una dirección a la que enviar una postal por Navidad. Había tantas cosas que necesitaba saber de Dylan Mitchell…

La muchacha acomodó su chaqueta en la percha con cuidado de que no se hicieran marcas en los hombros y la colgó en su armario. Acto seguido, metió la mano en el bolsillo lateral de su mochila y extrajo el móvil.

Se sentó en el banco de madera, parecido al de los gimnasios, y activó la pantalla. Una sonrisa expectante apareció en su rostro en cuanto vio que tenía tres mensajes. Sus dedos se movieron con rapidez sobre el teclado, rogando que fueran del irlandés.

Y vaya si lo eran. El primer mensaje que llevaba el descriptivo título de "Eye candy[8] 1" mostraba a Dylan dando la espalda al espejo del baño de su casa. Permitía ver con lujo de detalle que estaba renovado el color de su tatuaje de samurai; los colores de la mitad superior lucían mucho más intensos que el resto. También mostraba una espalda de infarto y que estaba desnudo; la visión de ese culo macizo le alteró el ritmo cardíaco.

El segundo mensaje era otro *selfie* y con el título "Eye candy 2" mostraba a Dylan, ya vestido con sus ropas de motero, mirando a la cámara con sus alucinantes ojos grises y una sombra de barba inusual en él, como si llevara un par de días sin afeitarse, que a Andy le encantó. Se distinguía una pequeña porción del manillar de la moto.

¡Qué bueno estaba el tío, por Dios!

El tercero contenía solo texto. Los ojos enamorados de Andy devoraron las palabras:

"También estoy renovando uno de mis *tatus* frontales, pero ese te lo muestro en persona. Aunque si quieres, te mando un adelanto, y si tú tienes algo que mostrarme no te cortes. Me pirra[9] mirarte.

P. S. 1: Llego esta tarde.

P. S. 2: Pienso comerte entera. Caliente se queda muy corto".

---

8 Eye candy: (del inglés) bombón, placer para los ojos.
9 Pirrar: (coloq.) encantar, gustar mucho.

Y lo que irradiaba del texto, la devoró a ella. Al vacío extraño en la boca del estómago, siguió una sucesión de escalofríos que después de atravesarle la espina dorsal se clavaron entre sus piernas que apretó instintivamente.

No había habido más fotos desde aquella primera, hacía casi un mes. Los mensajes siempre eran de texto. Cortos, frecuentes y, generalmente, plagados de emoticones. Hoy, las fotos habían regresado y no de cualquier manera; eran insinuantes, casi eróticas y, claramente, la estaba invitando a reciprocar. Le había sumado dos rombos de una tacada al tipo de comunicación de pareja que habían mantenido hasta el momento y para asegurarse de que no le quedara dudas acerca de cómo se sentía, lo había dicho con todas las letras. Si lo que conocía de él ya era bastante explosivo en condiciones normales, no quería imaginar cómo estaría Dylan para advertirlo… ¡Qué narices, claro que quería imaginarlo! Dios… Y encima, rubricaba aquel lote de mensajes infartantes diciéndole que por la tarde lo tendría cuan bueno y caliente estaba, todo para ella.

El suspiro fue inevitable. Al corazón alterado y las manos pringosas, había que sumarle que todo lo erizable de su cuerpo se había puesto duro. Tendría que volver a ponerse la chaqueta, pensó al mirarse y ver las dos cúspides que se marcaban sobre el ligero tejido de la camisa. No serían tan evidentes si hubiera podido pasar por casa antes de entrar a trabajar, pero había retrasado el entrenamiento para acompañar a su madre a la consulta con el médico de las agujas y en el bolso solo llevaba un top de entrenamiento limpio. Era estupendo para soportar el peso de los pechos mientras calentaba, pero carecía de armazón. Pechos que, por cierto, estaban hipersensibles como cada vez que ovulaba.

Y mejor que dejara de pensar en esa parte de su anatomía de la que desde la pubertad solo se acordaba una semana al mes, cuando se hinchaban y dolían, y que en la "era Dylan", había redescubierto por dos razones: estaba al tope de sus zonas erógenas favoritas y gracias a él, le dolían tres días por semana, estuviera ovulando o no.

Tragó saliva, notó que tenía la boca pastosa, y mientras se disponía a hacerle una llamada corta a Dylan, cayó en la cuenta de algo. No sabía muy bien cómo tomar esas últimas fotos, ni su abierta invitación a que ella reciprocara. No tenía claro qué opinaba sobre el tema… Nunca había mantenido esa clase de comunicación con un hombre. Tampoco le gustaba demasiado la idea de que sus fotos anduvieran por ahí, al alcance de cualquiera. Danny, sin ir más lejos, muchas veces usaba su móvil para descargarse juegos. Quizás debieran hablarlo cara a cara, pensó.

Hizo una mueca de resignación cuando una amable voz grabada en francés le informó que el número marcado no estaba disponible.

Andy estaba atendiendo una mesa de cinco cuando Dylan entró en el restaurante, de modo que no lo vio. Él sí. Era todo lo que sus ojos buscaban, lo único que les interesaba, y detectó su presencia prácticamente desde la entrada. Estaba de pie junto a un hombre rubicundo de gran barriga que hacía las veces de portavoz de sus acompañantes, indicando sus pedidos al tiempo que señalaba a la persona en cuestión. Ella, con su eterna sonrisa, asentía mientras con ayuda de un lápiz óptico iba tomando nota de la comanda en su terminal portátil. De tanto en tanto, comentaba algo -seguramente alguna sugerencia o en qué consistía un plato-. Dylan sonrió al comprobar que su uniforme era diferente del que llevaba el resto del personal: seguía empeñada en que con el de invierno se asaba porque "el frío de Menorca no era frío para una inglesa". Seguía siendo la misma Andy del MidWay, siempre subida a unos taconazos que daban vértigo, su carita maquillada y su pelo con un corte estilo *pixie* lleno de reflejos pelirrojos. Daba igual si iba vestida de camarera de un bar de moteros o de jefa de sala en un restaurante con dos estrellas Michelin, Andy era Andy. A Dylan le resultaba imposible decidir qué la hacía tan diferente de todas cuanta había conocido, ni cómo había llegado hasta el punto de estar total y absolutamente loco por ella. Solo sabía que se pasaba el día deseando volver a verla y que cuando al fin lo conseguía, eso ya no le bastaba. Con Andy iba de necesidad imperiosa en necesidad imperiosa en un ciclo que tan pronto parecía haber tocado fin, volvía a empezar. Una locura.

Una locura alucinante, pensó al tiempo que se dirigía hacia ella porque ni siquiera se sentía capaz de esperar a que acabara. Que lo llamaran insensato, atrevido, aprovechado. Le daba igual. Llevaba toda la vida buscando experimentar esa clase de locura. El patetismo de la realidad lo había llevado a buscarla en el alcohol, en la promiscuidad, incluso en las drogas. Ahora, la sentía estando a palo seco, solo con tener a Andy al alcance de la mano. Solo la anticipación de besarla, de hacerle el amor, de mirarla mientras ella le contaba qué tal había ido el día, era suficiente para tenerlo en vilo, sintiendo el pulso de la vida. Vibrando intensamente. Sintiéndolo en cada poro de la piel. En cada célula. Le daba igual lo que pensara el mundo.

Andy detectó su presencia en cuanto él se puso en movimiento. Sabía que Dylan no se detendría, que la abrazaría allí mismo y le plantaría uno de sus besos de película sin importarle el lugar o la circunstancia. Y francamente, le parecía perfecto. Lo deseaba tanto como él. De modo que se excusó y se apartó de la mesa un par de metros.

Dylan fue directo a por la boca de Andy y tal como ella anticipó, el beso fue de película. Con diferencia de segundos, sus brazos la rodearon por la cintura, elevándola un metro del suelo. Ellos no se dieron cuenta, pero la actividad del salón principal se detuvo. Las conversaciones se fueron silenciando de a poco y la pareja pasó a ser el centro de atención. Había sonrisas cómplices en las caras femeninas, otras más pícaras en la de los caballeros y algún comentario en tono de murmullo. Nada de lo cual afectó la interacción de la pareja, que continuó sumergida en su propio universo.

—Me moría por besarte, ya no aguantaba más… Y lo más alucinante de todo es que ahora me muero más que antes… —La voz de Dylan sonó grave, en un tono muy bajo.

La joven ni siquiera había llegado a pronunciar una palabra cuando la boca de Dylan volvió a abrirse sobre la suya, más apasionada que antes. Tan rendida a sus emociones como él, Andy no hizo el menor intento de poner fin a aquel momento.

Fue el chef Ciro Montaner quien lo hizo.

Los había visto a través de la pequeña ventana por la que solía asomarse cuando pedía socorro a los camareros que, demasiado atareados en los salones, se retrasaban en ir a por los platos. En esta ocasión, la visión le pareció tan especial que no pudo resistirse y abandonó su reducto creativo sin pensárselo dos veces. Se dirigió a la pequeña tarima donde solían tener lugar las actuaciones, tomó el micrófono y…

—Damas y caballeros, ¿ven ustedes la experiencia única que ofrece Sa Badia? ¿En qué otro lugar tienen la posibilidad de degustar platos de cinco tenedores y un espectáculo romántico? *¡Bon appétit!*

Como solía suceder cada vez que aparecía Ciro, la atención de la clientela de inmediato se trasladó al chef.. Muchos de los allí presentes, lo conocían desde que era un niño y aunque no era oriundo de Menorca, era hijo de una Estellés y un chef prestigioso que había sumado su gran talento al restaurante más emblemático de la isla.

Andy empezó a reírse bajito sobre los labios de Dylan que al final también claudicó.

—Vaya manera de cortarnos el rollo… —murmuró él, apartándose un poco.

La muchacha se llevó la mano a la boca. De pronto, regresó la conciencia de dónde estaban, de lo que estaban haciendo, de las personas que los rodeaban… ¡de que había dejado una comanda a medio tomar! Su rostro adquirió un color rojo fuerte.

—Tío, me gustas —dijo Ciro en tono de confidencia al pasar junto a la pareja—, pero, por favor, espera a que acabe el turno para comértela. Este lugar es un caos total sin ella, ¿vale?

Dylan le hizo un guiño. El gusto era mutuo, desde luego. Cuanto más lo conocía, mejor le caía. Pronto, su atención regresó a Andy que continuaba mirándolo con sus ojitos soñadores y sus mejillas rojas bermellón.

—Habrá que esperar a que acabes… Aisssss… —dijo envuelto en un suspiro.

Andy retiró con un dedo restos de carmín de los labios de Dylan, contacto que él aprovechó igual que aprovechaba todas las ocasiones que se le presentaban con ella: su lengua recorrió la superficie del dedo, insinuante. Ella se estremeció.

—¿Te quedas o te vas? —le preguntó.

Los enormes ojos grises de Dylan recorrieron sus facciones intensamente, con una mezcla de amor y deseo. Al fin, regresaron a los de Andy.

—¿No deberías saber ya la respuesta a esa pregunta?

Andy se deshizo en una sonrisa.

—¿Te pongo una Guiness?

A falta de poder tenerla a ella desnuda sobre su cama, una cerveza tendría que valer.

—Con cacahuetes, por favor.

La muchacha se estiró a dejar un último beso sobre los labios del motero. Esta vez el arrebato fue igual de intenso que antes, pero la mitad de breve. Dylan la dejó marchar a regañadientes.

Dylan miró con desazón la pila de cajas que había contra la pared. Solo había deshecho una: la de las bebidas, cuyo contenido estaba ahora en el mueble bar que había a un extremo del salón. Lo demás seguía tal cual lo había dejado y era apenas una cuarta parte, ya que el resto de las cajas continuaban en el sótano de casa de Angela Swynton, esperando a que él reuniera fuerzas para trasladarlas a su nueva residencia.

Dejando a un lado el hecho de que lo último que le apetecía los únicos tres días a la semana que estaba en la isla era dedicarlo a abrir cajas de mudanza, estaba hecho polvo físicamente. El amor era el culpable, pensó con sorna, que le había dado tarde y fuerte. Tenía gracia. Estar en Niza sin Andy lo volvía loco de ansiedad. No importaba cuántas veces que hablaran por día; su desesperación empezaba en el momento que se despedían en el aeropuerto de Mahón y no se calmaba hasta que volvía a tenerla entre sus brazos. Comprimía en tres días y medio el trabajo de cinco, robándole horas al sueño, pasaba horas en aeropuertos o cruzando el espacio aéreo de varios países y tenía tal desbarajuste de horarios que no sabía cuándo le tocaba comer o desayunar. Pero le daba igual, hacía lo que fuera con tal de regresar a Menorca cuanto antes. Entonces, comenzaba otra clase de desesperación: por tenerla, por estar juntos, por hacerle el amor. Entre el hambre que él traía y la voracidad juvenil de Andy, no paraban. Le dolían hasta las pestañas pero, tan seguro como de que se llamaba Dylan, si ella entrara por la puerta en aquel momento, volverían a enredarse en un cuerpo a cuerpo de los que dejan de cama.

Ganas, desde luego, no le faltaban. Una sonrisa de incredulidad asomó al rostro del irlandés que se dispuso a abrir la primera caja a ver si se dejaba de ensoñaciones placenteras y conseguía hacer algo productivo.

Cansancio físico aparte, estaba muy satisfecho con su nueva vida y con las perspectivas que se abrían ante él. Además, la casa había quedado bien después de que la cuadrilla de trabajadores le diera un buen lavado de cara y reparado los pequeños desperfectos. Era espaciosa, cómoda gracias a su distribución en una sola planta y disponía de un garaje con capacidad para tres vehículos que Dylan pensaba usar a modo de rincón anti-estrés donde engrasarse las manos desmontando motores. También tenía un pequeño gimnasio. Había que sustituir algunos aparatos y añadir otros nuevos, pero de eso se ocuparía Andy. Él solo pensaba disfrutar de ese espacio viéndola entrenar, algo que, a priori, le daba muchísimo morbo. Y además, entre las mejoras realizadas había una petición que a los obreros les había resultado de lo más extraña; la modificación del alféizar de una de las dos ventanas de su dormitorio que ahora estaba a la altura adecuada. Y tan adecuada, pensó recordando lo bien que lo habían pasado con Andy estrenándolo la noche anterior.

El sonido del móvil lo sacó de la estimulante imagen mental de su chica desnuda, sentada sobre aquel alféizar, con sus tonificadas piernas lujuriosamente abiertas, y lo devolvió a la realidad con la testosterona revolucionada. Se dirigió a la gran mesa de cristal donde lo había dejado y de inmediato supo de quién se trataba. Atendió con una sonrisa y se anticipó a la jugada.

—Ya decía yo que hacía mucho que no oía de ti. ¿Tus partidas de *bridge* te tienen tan ocupada que ni te acuerdas de llamarme?

La risa afable de Angela Swynton ensanchó la sonrisa de Dylan.

—*Ya quisiera yo estar ocupada con el bridge, que me encanta, pero no es el caso. Mi ocupación se llama Sylvia. Ha decidido redecorar su casa y me tiene en un sin vivir. Además, si la memoria no me falla, hablamos el lunes.*

—¿Tu hija está redecorando toda la mansión? —preguntó un tanto asombrado.

—*Sí, y no quieras saber hasta dónde estoy de ver alfombras y cartas de colores... Pero cuéntame, ¿qué tal tu nueva casa? ¿Ha quedado a tu gusto?*

Dylan se dejó caer sobre el sofá al tiempo que echaba un vistazo complacido alrededor.

—Ha quedado genial, sí. Ahora que los cristales están limpios, entra la luz a raudales —rió—. En cuanto abra las tropecientas[10] cajas de mudanza y sea capaz de encontrar un par de calcetines a la primera, creo que seré feliz del todo.

—*Eso ya lo eres, cariño. Lo sé muy bien y además se te nota en la voz.*

Dylan no tenía la menor duda al respecto. La abuela de Evel, mujer perspicaz donde las hubiera, lo tenía calado y la verdad fuera dicha, se sentía fenomenalmente bien. En cierto modo tenía su gracia que conseguir forrarse haciendo lo que le apasionaba, algo que había sido su personal definición de éxito desde que había descubierto la domótica, acabara desbancado del primer puesto con tanta facilidad y de forma tan fulminante por una relación sentimental. Pero así era.

—*Y antes de que se me olvide, te comento que el yerno de Agripa está muy interesado en domotizar su chalet. Yo le hablé de ti, por supuesto. Le he dado tu número, pero ya sabes cómo son los isleños, no te sorprendas si se presenta en tu casa.*

Agripa pertenecía a la *troupe* de viejas amistades que Angela se había dedicado a presentarle, una por una, cuando Dylan puso un pie en la isla por primera vez.

Él sonrió. Vaya forma más sutil de buscarle trabajo en Menorca sin decirlo abiertamente.

—Le haré precio de amigo —bromeó el irlandés a lo que Angela respondió con una andanada de carcajadas.

---

10 De tropel (adj. coloq. Esp.): designa un número muy elevado de personas o cosas.

—Qué amigo ni amigo, tú piensa en tu futuro y en el de tu preciosa criatura. ¡Déjate de descuentos, cariño!

Después de unas buenas risas, continuaron hablando. La mujer tenía una conversación amena de la que Dylan había aprendido a disfrutar y además, le agradaba tener noticias de Londres y de los amigos que había dejado allí. Ella solía ponerlo al día de las últimas novedades que, en este caso, fueron doblemente buenas: después de superar satisfactoriamente el período de prueba acordado con Dakota y Evel, Maverick McRae se había convertido en el tercer socio del MidWay. Él había sido quien había puesto en contacto a las partes y Mav, a pesar de ser tan joven, era un tipo emprendedor que se tomaba el trabajo en serio. Se alegraba mucho por él y por sus amigos. Estaba convencido de que asociarse era la fórmula idónea para que cada una de las partes obtuviera lo que le interesaba.

—¿Y qué tal está tu preciosa criatura, cariño? ¿Cómo sigue su madre?

Hermosa por los cuatro costados. Buenísima. La sonrisa de Dylan era tan grande que podía atarse los extremos en la nuca.

—Intentaré ser objetivo. —Oyó las risas de Angela—. Creo que está algo cansada, ya sabes, de lidiar con tantas responsabilidades, de trabajar tantas horas… —y de más cosas que él intuía aunque Andy no hubiera sido muy explícita al respecto—, pero me las arreglo para animarla. Diría que me las arreglo muy bien. Y en cuanto a Anna… Hace dos semanas empezó un tratamiento de Medicina China y le está yendo bastante bien. Dice que le duele menos y, de momento, parece que ha detenido el avance bestial de los síntomas… Estaba perdiendo movilidad en las piernas a un ritmo preocupante, ¿sabes? El diagnóstico es el que es, claro, y nadie espera un milagro, pero si con este tratamiento se retrasa el avance, aunque sea un poco, y se reduce el dolor, ya es mucho.

—Qué gran noticia, Dylan. Por favor, envíale recuerdos míos a la mamá de Andy y a su familia… Y a tu preciosa criatura, un abrazo

enorme. Me encanta Andy y hacéis una pareja ideal. —Dylan no pudo evitar que una sonrisa orgullosa brillara en su rostro—. *No tengo la menor duda de que te las arreglas de maravilla para animarla. Eres un hombre muy especial, cariño.*

Andy entró en la casa de puntillas. La razón no era solamente sorprender a Dylan sino evitar despertar a la pequeña Luz. La niña había sido precoz en la dentición; le estaba saliendo su primer diente y el proceso la tenía inquieta. Viajar en coche tenía un efecto sedante sobre la pequeña del que Andy se había aprovechado aquella mañana para poder hacer una visita relámpago a su chico, camino de ir a recoger a Anna y Neus de la consulta del médico. El tratamiento tenía el mismo efecto para su madre que el viaje en coche para Luz: después de ponerle más de treinta agujas, la cubrían con una sábana y la dejaban tranquila durante una hora. Anna siempre se quedaba dormida. Esperar en la clínica era desaprovechar un tiempo que cuando tenía a Dylan en la isla era muy precioso, de modo que Andy no tuvo que pensarse en qué utilizarlo.

Avanzó silenciosamente empujando el carrito por el hall de entrada, directamente hasta la habitación contigua al salón desde donde le llegaba la voz de Dylan hablando por teléfono. Activó el vigila-bebé y se llevó el supletorio consigo.

Desde la entrada, lo vio de inmediato: repantigado en el sofá, con la cabeza apoyada contra el respaldo. ¿Era eso lo único que había hecho aquella mañana, mover el sofá de cara a la ventana? Las cajas estaban igual que el día anterior. Apiladas y sin abrir. Sonrió. Apoyó el supletorio sobre una de las cajas, y cuando estuvo justo detrás de Dylan, le cubrió los ojos con sus manos.

El irlandés pasó de estar interesado en la conversación que mantenía con Angela Swynton a sumamente interesado en la mujer que acababa de entrar en sus dominios.

—Dame un segundo, Angela —dijo con decisión al tiempo que se incorporaba llevándose una de las manos de Andy, de la que tiró suavemente hasta que su dueña estuvo junto a él, al otro lado del sofá. Ambos sonrieron, una de sus sonrisas cómplices que anticipaban grandes juegos de pirotecnia romántica. La hizo girar de espaldas a él y le rodeó la cintura con uno de sus brazos. A continuación, volvió a dirigirse a la abuela de Evel—: La preciosa criatura acaba de llegar, así que te la paso para que le des esos saludos personalmente. Te llamo en cuanto sepa algo del yerno de Agripa, ¿de acuerdo? Y gracias.

—*¡Claro, ponme con ella, por favor! De acuerdo, hablamos. Y no tienes nada que agradecerme, cariño mío.*

Dylan le cedió el móvil.

—Todo tuyo. —En cuanto ella lo tomó y la mano de Dylan quedó libre, fue a unirse a la otra, en la cintura de la muchacha.

—¡Hola, Angela! ¿Qué tal está?

La abuela de Evel respondió con la misma jovialidad. Pronto empezó a interesarse por ella y su familia como si no hubiera estando hablando con Dylan al respecto.

El saludo original fue todo lo que Andy consiguió decir con normalidad, ya que los labios de Dylan empezaron muy pronto a dejar una huella húmeda en su cuello. Y después de sus labios, llegaron sus manos, dibujándole el perfil en esas exploraciones tan características del irlandés, descaradas y desafiantes, y ella… En un abrir y cerrar de ojos, Andy volvió a estar sumergida hasta el cuello en otro de los preludios devastadores de Dylan, y sus siguientes comentarios fueron eso, brevísimas intervenciones que a duras penas conseguía hacer.

Cuando al fin sobrevino la despedida, Dylan se las había arreglado para quitarle la cazadora y desabrocharle varios botones de la camisa. Andy dejó caer el móvil sobre el asiento del sofá y guió los movimientos masculinos sobre sus doloridos pechos. Luego pagaría las consecuencias, pero ahora le daría gusto al cuerpo que bien ganado se lo tenía. A dos días de que su biología femenina recibiera la visita mensual, tener a Dylan al alcance de la mano era un pasaporte a la lujuria más desenfrenada. Si a eso le sumaba que el hombre que se estaba cebando en su zona erógena preferida, provocándole ríos de placer, era alguien de quien estaba profundamente enamorada, el resultado era un huracán.

En efecto, Dylan se estaba cebando. De Andy prefería todo, pero si era al natural lo prefería más. En su opinión, la lencería femenina estaba bien a secas. A veces, muy bien, si la dueña sabía lucirla y quitársela a tiempo, ya que algo que no le gustaba nada era tocar un armazón de encaje con relleno. Para él era el anticlímax. En cambio, adivinar el contorno de los pechos desnudos bajo una camiseta o un jersey, especialmente si no era ceñido y había que prestar atención... Se excitaba solo con intuir la insinuante silueta de un pezón erecto.

Exactamente como ahora. Le extrañó que Andy no llevará sostén, ni siquiera uno de esos deportivos que usaba para entrenar que, dicho fuera de paso, él encontraba mucho más infartantes que la lencería fina. Instintivamente, rebajó la marcha.

Primero fue una caricia suave sobre la base de un pecho que acabó en un roce del pezón. Un instante después, la otra mano de Dylan se sumaba a la tarea con la misma delicadeza. Eran toques muy suaves que consiguieron ponerle a la muchacha el vello de punta.

Lo siguiente fue su lengua haciendo lo mismo que antes hacían sus manos. Ahora, Andy lo tenía delante, doblado sobre ella, enviándola al paraíso con roces e insinuaciones, casi sin tocarla. Sorprendiéndola con la delicadeza de sus caricias, con el cuidado de sus avances. Descubriéndole a un hombre distinto que, para su propio asombro, encontraba tan excitante como al otro, el experto en empotramientos.

—Eres una auténtica caja de sorpresas... —murmuró ella, sosteniendo la cara masculina entre sus manos no solo para mirarlo, también para forzar una tregua.

Era su naturaleza en otros aspectos, así que posiblemente también lo fuera en el campo de las relaciones estables. Dylan no podía asegurarlo porque era su primera vez. Lo que sabía sin ningún género de duda a estas alturas, era que el deseo y el amor constituían el mejor afrodisíaco que le habían dado a probar jamás. Mejor en todos los sentidos posibles. La explosiva energía sexual que siempre había caracterizado sus encuentros, ahora se mezclaba con otra igual de explosiva que no tenía la menor idea de dónde salía, dando origen a emociones nuevas, a sensaciones únicas, al sentimiento increíble de estar profunda e íntimamente unido a otro ser humano. De ese manjar querría más a todas horas el resto de su vida.

—¿Cuánto tiempo puedes quedarte?

Aquella lengua traviesa volvía a las andadas. Andy exhaló un suspiro.

—Veinte minutos como mucho…

Las manos del irlandés la tomaron por las nalgas y la elevaron hasta depositarla sobre una pila de cajas. A continuación, volvió a doblarse sobre ella y empezó a hacer buen uso de los minutos de que disponía.

—Conmigo eso es un montón de tiempo. La cuestión es… —buscó su mirada—. ¿Podrás después aguantarte las ganas de repetir, eh?

Sonaba al cazador que volvía a tomar el timón. Sin embargo, sus ojos habían chispeado con un punto inédito de ternura que la conmovió hasta lo más profundo de su ser.

Andy respondió a la pregunta adueñándose de la boca de Dylan en un beso voraz.

La pareja había acabado en otro de sus lugares preferidos, el baño, donde se habían ocupado de sacar buen partido del poco tiempo que pasaban juntos. La pequeña Luz se había despertado cuando Andy se estaba duchando.

—Voy yo —dijo él.

—Vale, pero vístete.

La picardía había sido tan evidente en el tono de voz de Andy que lo hizo menear la cabeza.

—Ni que estuviera siempre en pelotas —repuso, riendo porque hasta hacía un instante lo estaba.

—¿Ni que estuvieras...? —Andy rió de buena gana— ¡Eres un exhibicionista!

Los quejidos de Luz empezaban a convertirse en llanto y Dylan no terminó de secarse: se vistió a prisa y abandonó el baño calzándose por el camino al tiempo que decía:

—¿Es una idea mía o esta niña va para soprano? Menudos chillidos da la criaturita...

—No tardo nada, Dylan —exclamó Andy, riendo, pero él no la oyó.

En realidad, el sonido de los berridos de Luz rebotaban en las paredes de aquel caserón, amplificándose más y más. Era como tener la música a todo volumen.

Sin embargo, en una confirmación más que Dylan no solo tenía buena mano cuando se trataba de mujeres adultas, fue tomarla en brazos y que Luz dejara de llorar. Ya lo habían comprobado en otras ocasiones y pensaron que era la novedad de ver un rostro nuevo, pero pronto se dieron cuenta de que eran los profusos tatuajes de Dylan, lo que captaba la atención de la pequeña.

—Estás harta del carrito, ¿eh, *peque*? ¿Vamos a dar una vuelta? ¿Quieres? Venga, que todavía no conoces mi nueva casa. Te voy a mostrar primero lo que más me gusta...

La intención de Dylan era llevarla a la cocina. Después de unos cuantos arreglos, la espaciosa cocina, totalmente equipada, había quedado para la foto. Pero cuando estaba a mitad de camino, sonó el timbre.

Dylan cambió de rumbo con un movimiento cómico que hizo reír a Luz, y se dirigió a la puerta. Cogió su cazadora del borde de una silla donde la había dejado y abrigó a la pequeña, poniéndosela a modo de manta. No conocía al yerno de Agripa, pero si estaba interesado en domotizar su vivienda, lo freiría a preguntas como hacía todo el mundo. Con un poco de suerte, la presencia de Luz le ayudaría a abreviar el asunto y concertar una reunión para otro momento.

Cuando abrió la puerta no fue un cliente lo que halló al otro lado sino a la última persona que esperaba encontrar.

—Hola, Dylan —lo saludó la treintañera, que enseguida reparó en el bebé que él sostenía en brazos. Su gesto cambió completamente y añadió—: Por lo visto, hay cosas que nunca cambian.

Dylan miró hacia otro lado. Sacudió la cabeza. Qué ironía que fuera la primera vez en la vida en la que los dos estaban de acuerdo en algo.

—Y que lo digas —concedió.

Andy fue a buscar el carro a la habitación, lo empujó hasta la puerta y luego regresó sobre sus pasos. Había demorado unos minutos más de lo habitual en el baño. No encontraba la espuma de pelo, lo cual quería decir que todavía seguía en el baño de casa de Angela, así que tuvo que secarlo a fondo con la toalla. Aparte de las cajas, a Dylan solo le había dado tiempo a trasladar las cosas más necesarias. Lógicamente, los productos capilares no estaban entre ellos. Entró en el salón sonriendo a cuenta de aquel pensamiento y se quedó cortada al encontrarlo acompañado; ni había oído sonar el timbre ni conocía a la mujer.

Alta y delgada, con ojos claros, una corta melena rubia de estilo irregular y el rostro lleno de pecas, calculó que no podía tener más de treinta. Lo que más extraño le resultó de todo era que estuvieran de pie en el salón. ¿La invitaba a entrar y no le ofrecía que tomara asiento?

—Perdón, es hora de marcharme, Dylan. ¿Me das a Luz?

Él se volvió al oír su voz. Andy pudo comprobar que estaba inusualmente serio y tan incómodo como ella misma se sentía. También comprobó que su acompañante no apartaba sus ojos de ella.

—Sí, los veinte minutos han pasado hace rato, así que vas a tener que correr… —comentó él en lo que a Andy le pareció un intento de romper el hielo.

La muchacha le ofreció una ligera sonrisa de compromiso a la visita, tomó a Luz en brazos y le devolvió a Dylan su cazadora. De pronto, sintió unas irresistibles ganas de salir corriendo. El ambiente era tenso y que Dylan no hiciera las oportunas presentaciones le daba que pensar.

Pero si el irlandés se había saltado las formalidades, no había sido con intención. Para él, aquello era tan inesperado como para Andy y le tomó unos instantes centrarse.

—Disculpa, preciosa… Esta es mi hermana Shea.

La sorpresa de Andy resultó tan evidente que parecía una pancarta pintada en su juvenil rostro. Tanto que anhelaba tener más tiempo juntos para poder empezar a saciar su curiosidad acerca de todas las cosas importantes que ignoraba sobre la vida de Dylan, pensó, y resultaba que parte de esas cosas importantes acababan de materializarse allí mismo, en Menorca. Estaba alucinando.

—Encantada de conocerte, Shea. Soy Andy.

—Igualmente —respondió la mujer. Socialmente correcta, pero nada más. Andy lo atribuyó a la incomodidad del momento, pero entonces hubo un cruce de miradas entre los hermanos tras el cual Dylan añadió:

—Mi novia.

Andy decidió que lo mejor era marcharse. Se le estaba haciendo tarde, era evidente que algo sucedía entre ellos y, en última instancia, allí no pintaba nada.

—Bueno, ya nos veremos —se excusó—. Lo siento, pero tengo que marcharme. Me esperan.

La mujer asintió con la cabeza y Dylan se puso en movimiento.

—Te acompaño.

Andy no se dio cuenta de la velocidad que llevaba hasta que él la detuvo tomándola por un hombro justo cuando estaban en el hall de entrada.

—Cualquiera diría que has visto a un fantasma… —Desde los brazos de Andy, la pequeña Luz los miraba con la risa a punto. Ella le acarició una mejilla, pero siguió atenta al irlandés.

En aquel momento, él cogió el carro de bebé y se dedicó a plegarlo para que pudiera guardarlo en el maletero. A ella le resultó evidente que necesitaba ocupar sus manos en algo mientras le daba tiempo a su mente a hilar una explicación a tanta incomodidad, de modo que lo dejó hacer tranquilo mientras mecía a la pequeña.

Cuando el carrito estuvo totalmente plegado y apoyado contra la pared junto a la puerta, Andy y Dylan volvieron a mirarse. Ella forzó una sonrisa. Él respiró hondo.

—Me tomó desprevenido… —explicó—. Imagínate, hace cuatro años que la única comunicación que tengo con ellos es la postal que les envío por Navidad…

Por "ellos" se refería a su familia. Y aunque a Andy le seguía pareciendo increíble que alguien pudiera estar nada menos que cuatro años cruzando veinte palabras cada doce meses con sus seres queridos, en el fondo, podía percibir el gran desconcierto de Dylan. Eso le produjo una intensa ternura.

—Míralo por el lado bueno; esta vez, te ahorrarás el sello —le dijo, y se echó a reír.

Dylan torció el gesto sin darse cuenta. No se lo había ahorrado. De ahí que Shea tuviera su nueva dirección. Además, no había ningún lado bueno en aquel asunto. Sencillamente, no era un buen augurio que alguien que lo tenía por un cerdo egoísta desde la adolescencia, de pronto, sintiera la necesidad de volar miles de kilómetros para hacerle una visita.

—Imagino que tendrás muchas preguntas... —Respiró hondo sin acabar la frase porque todo aquello era demasiado nuevo para él. Había sido un lobo solitario la mayor parte de su vida, incluso cuando todavía vivía en Irlanda. Ahora parte de esa vida estaba en Menorca, habría que hablar de ello y al lobo solitario no le apetecía en absoluto.

Andy asintió varias veces con la cabeza. Lo peor era que entre los "eye candy" que le había enviado al móvil y la súbita aparición de su hermana, los temas a tratar empezaban a acumularse a velocidad de vértigo.

—Un interrogatorio policial me parecerá un paseo por el campo en comparación, ¿a que sí?

El nivel de resignación en el tono de su voz fue tal que Andy volvió a asentir, esta vez con énfasis.

—Recurriré a la tortura si es necesario... —Los dos sonrieron; Dylan algo menos—. Si quieres, tráela luego al restaurante. Una mesa ya sabes que no será posible, pero siempre puedo conseguir un hueco en la barra.

Tampoco le apetecía llevar a su hermana a ninguna parte. En realidad, lo único que le apetecía lo tenía delante con sus vaqueros pitillo, su cazadora de cuero estilo motorista, su carita maquillada y sus tacones imposibles.

—Si te dijera lo que yo quiero... —murmuró él.

Y le robó un beso muy húmedo.

Dylan jamás se había caracterizado por tenerle paciencia a su familia. La única excepción había sido su madre pero ella, por desgracia, había abandonado el mundo de los vivos hacía algunos años. Así las cosas, disparó a discreción en cuanto regresó al salón.

—Tú dirás. —Permaneció de pie, mirando fijamente a aquellos ojos que, aunque cargados de maquillaje, delataban el hecho incontestable de que eran familia.

Un instante después Shea Mitchell dejó claro que no solo los ojos eran un rasgo común entre los hermanos.

—Tenías razón. Por lo visto, Ian lleva años acostándose con cuanta mujer se cruza en su camino. Le he pedido el divorcio.

Dylan no ocultó su asombro. La palabra divorcio no existía en el diccionario católico de su familia y Shea había dicho "le he pedido el divorcio", no "estoy pensando en pedirle el divorcio". Lo cual venía a significar que tenía que haber habido un enfrentamiento entre padre e hija. Y dado que ahora ella estaba en su salón y no en su tierra natal, la cosa tenía que haber acabado en un cisma familiar de consecuencias imprevisibles. Todo estaba muy hilado en la familia de Brennan Mitchell, quien supervisaba la existencia de los suyos con celo y mano dura. Vivían juntos -o muy cerca-, asistían al culto juntos y, cómo no, trabajaban juntos, en la empresa familiar. O te atenías a sus reglas, o estabas fuera. Así de simple.

En este nuevo enfrentamiento además, estaba claro que Dylan también se habría llevado unos cuantos palos sin saberlo. Había sido el primero en informarle a Shea que su por entonces todavía novio era un golfo de marca mayor y que casarse con él era un pésimo plan. Lo cual había ocasionado un enorme drama familiar, pero, curiosamente, no había conseguido evitar que ella siguiera adelante con la boda. Seguro que a ojos de Brennan

Mitchell, el divorcio de Shea también sería culpa suya. Por haber sido pájaro de mal agüero o por cualquier otra razón, daba igual lo peregrina que fuera. La cuestión era responsabilizarlo a él de todos los males de la familia.

Después del primer momento de asombro, el cerebro práctico del irlandés pasó a la siguiente cuestión importante: ¿qué pintaba él, que ahora ni siquiera vivía en Londres, en todo aquel asunto?

—No era necesario que vinieras a contármelo personalmente. Las tres frases que has usado caben perfectamente en una postal.

La treintañera le dedicó una mirada airada.

—Si cuando dije que hay cosas que nunca cambian no me equivocaba nada. Sigues siendo el mismo cerdo de siempre, haciendo las mismas cerdadas de siempre y está claro que lo último que necesitas es que venga yo y te fastidie el pastel. Pues te jodes, porque, como ves, aquí estoy… Sácame de una duda que me corroe por dentro desde que me abriste la puerta con esa niña en brazos, ¿la has reconocido como tuya por lo menos, o también esta vez tendrá que ser otro el que cargue con el mochuelo?

Dylan permaneció en silencio, mirando a su hermana mientras intentaba decidir si lo mejor era ahogarla en la bañera y echar su cadáver a los tiburones o contratar a un pistolero para que se ensuciara las manos por él.

Al fin, giró sobre sus talones y enfiló hacia el mueble bar; aquel reencuentro fraterno merecía un buen pelotazo de *whisky*.

Mejor que fueran dos.

Si alguien creía que Dylan modificaría su rutina isleña porque Shea estuviera allí, pronto descubrió que se equivocaba de medio a medio. Ni pensaba hacer de canguro de su hermana, ni restar un solo minuto al brevísimo tiempo que pasaba con Andy.

Shea todavía no le había dicho a qué se debía su presencia en Menorca. Sabía que había razones importantes para que ella estuviera allí, pero si alguna vez había tenido entrenamiento en lidiar con hermanas esquivas, ya no la tenía: que hablara si le apetecía y si no, que no lo hiciera. Cosa que quedó ampliamente demostrada hora y media más tarde.

Sonó el timbre en la casa familiar de las hermanas Estellés y cuando Neus fue abrir, se lo encontró allí acompañado de una esbelta rubia en la treintena que se le parecía tanto que habría sabido que eran familia aunque su sobrina no la hubiera puesto sobre aviso.

—¿Sabe Andy que veníais? —preguntó sorprendida, hablando en la lengua de los recién llegados—. Es que es raro que no haya dicho nada… Pasad, pasad, por favor… Esta debe ser tu hermana Shea. Soy Neus, la tía de Andy.

—Sí, soy Shea Mitchell. Encantada —respondió la irlandesa con la dosis imprescindible de gentileza y ni un poco más.

Dylan se hizo a un lado para que su hermana entrara en primer lugar.

—Me saltó el buzón de voz —explicó él—. Le envié un mensaje hace un rato, pero su móvil no va muy bien así que igual no se ha enterado… ¿No está aquí?

—En el gimnasio —repuso Neus guiándolos a través del gran patio bordeado de plantas hacia el salón de la casa—. Los días que tenemos tratamiento chino, le toca correr de acá para allá toda la mañana. No creo que tarde mucho ya. Pasad, poneos cómodos. ¿Qué os apetece beber?

—Gracias, nada. Venimos de mi casa, no te molestes, Neus. ¿Y Anna?

—Algo cansada como siempre que le quitan las agujas. He logrado que se acueste, a ver cuánto dura.

—Anna está perfectamente —dijo la aludida, que en aquel momento apareció en escena con su habitual sonrisa—. Gracias por preguntar, Dylan. ¿Me presentas a tu hermana?

—Anna, por favor, como venga Andy y te vea aquí, se va a enfadar y con razón —se quejó Neus.

—Ah, no te preocupes, que se le pasa enseguida. Mi niña está demasiado feliz para enfadarse —respondió ella. No explicó a qué se refería, pero sus ojos cargados de picardía se ocuparon de hacerlo cuando se posaron sobre Dylan.

Él no llegó siquiera a saborear el gusto de confirmar por una vía más que fiable que se las estaba arreglando muy bien para mantener a su chica feliz, a pesar de la distancia y del poco tiempo que pasaban juntos.

—Dios sabrá por qué es tan feliz —dijo otra voz, detrás de Dylan. Y lo hizo en menorquín—. Haz el favor de echarte en el sofá con la manta y atender a las visitas desde ahí.

—Nuestra hermana Roser, que habla inglés perfectamente, pero a veces se le olvida —aclaró Neus, con cara de "Dios, dame paciencia", refiriéndose a la mujer que pronto apareció en el campo visual de Dylan, con Luz en brazos oliendo a colonia de bebé.

Anna se dirigió hacia donde estaba la hermana de Dylan, dispuesta a hacer los honores.

—Me estaba regañando en menorquín, a ver si oyéndolo en otra lengua el mensaje entra mejor. A las dos les gusta mandar, no les hagas caso. Soy Anna, la madre de Andy. Bienvenida a mi casa y encantada de conocerte.

Shea agradeció la cortesía con una ligera sonrisa y se limitó a responder que ella también estaba encantada de conocerla. A Anna le pareció de todo menos encantada. La tensión entre los hermanos era evidente. En Dylan le parecía más incomodidad que otra cosa, lo cual no le extrañaba. En Shea, en cambio, percibía cierto desconcierto.

En efecto, la felicitación navideña anual de Dylan, esta vez había llegado antes que de costumbre y añadía al final, a modo de posdata, que la dirección del remitente era su nueva residencia. Shea ignoraba por qué él se había mudado a una isla tan pequeña y, por supuesto, que siguiera trabajando en Francia de lunes a viernes. Suponía que su mudanza, en todo caso, tenía que ver con progresar económicamente. Verlo con un bebé en brazos y en compañía de una adolescente a quien doblaba en edad era lo que había disparado el nivel de desconcierto. La primera sensación había sido de rechazo, de indignación al descubrir que su hermano mayor seguía siendo el mismo irresponsable de siempre. Se lo había dicho y él ni lo había negado ni confirmado, pero había algo en la muchacha que, a pesar de su evidente juventud, le hizo descartar pronto que se tratara de una "cría de colegio". Y ahora estaban allí. Shea no tenía la menor idea de por qué la había llevado a la casa de esa familia. Era lo último que habría esperado de un tipo para quién la única forma de socialización aceptable era estar un bar, bebiendo hasta caer desmayado.

Anna tomó a la pequeña de brazos de su hermana y se acomodó en el sofá con la manta tal como le habían pedido. Le dio un mordedor de anillos multicolores que la pequeña empezó a mordisquear con evidente gusto. Pronto, todos se habían acomodado formando un círculo en torno a ellas y Anna decidió aportar su granito de arena para disolver la tensión entre los hermanos.

—Esta casa es una especie de Babel —explicó—, así que no te sorprendas si de pronto dejas de entendernos durante un rato. Nací aquí, como todos mis hermanos, pero he pasado en Londres la mayor parte de mi vida y de allí son mis hijos. Y allí se conocieron tu hermano y mi niña.

La sorpresa en el rostro de Shea le confirmó a la dueña de casa que su intuición seguía tan afilada como siempre; la resignación en el de su hermano le robó una sonrisa.

—Estos hombres que son tan herméticos para sus cosas… No te lo ha dicho, ¿verdad? Pues así es. Se conocieron en el bar donde trabajaba Andy hace… Bueno, soy malísima para las fechas…

—Fue en febrero —precisó Dylan.

Lo recordaba perfectamente porque la calidad del servicio del bar había cambiado del día a la noche en cuanto Andy se había hecho cargo de la barra. Lo cual sumado a su aspecto de adolescente había conseguido sorprenderlo. Después descubriría que ese era uno de sus talentos ocultos; la de ser capaz cambiar todo lo que tocaba, en un abrir y cerrar de ojos. Que se lo dijeran a él.

Dylan volvió la cabeza para mirar a su hermana y confirmó que la sensación era real; ella lo había estado mirando. Acababa de apartar la vista. Lógico, pensó. Con el prontuario de crímenes que Shea le atribuía, no era de extrañar que le sorprendiera saber que ni Andy era una "cría de instituto" ni acababan de conocerse. Ni, por supuesto, tenían una hija en común.

—Cierto, sí —continuó Anna—. Hace poco que estamos aquí… Yo enfermé, mi hija mayor, la madre de esta preciosidad, falleció después de dar a luz y hubo que tomar decisiones de cara al futuro. Fue duro al principio, especialmente para mis hijos… Tengo otro hijo de catorce años, Danny —aclaró rebosando amor de madre—. Pero creo que empiezan a disfrutar de sentirse parte de una gran familia, de que haya tanta gente interesándose por ellos, preocupándose de que estén bien, de que tengan una buena vida. Soy una Estellés y para nosotros la familia es importante. A veces, quiero matarlas —sonrió a sus hermanas—, pero las adoro y las necesito en mi vida —dijo con la sencillez de quien ha aceptado su destino.

Acarició el cabello rubio de la pequeña y les ofreció una sonrisa a Dylan y a su hermana—. ¿Qué te ha traído a ti a esta isla preciosa, Shea? ¿Turismo o decisiones importantes? Sea como sea… Ha sido una excelente elección.

La treintañera asintió agradecida y los hermanos volvieron a intercambiar miradas.

La de Shea decía: "¿por qué me dejaste pensar que la pequeña era hija tuya, so capullo?".

La de Dylan, en cambio, fue casi como si se hubiera encogido de hombros. Un reflejo fiel de lo que sentía; que pensara lo que le viniera en gana. De todas formas, ya lo hacía.

No fue hasta después de que Andy acabara el turno de comidas y los tres estuvieran en el salón de la nueva casa de Dylan, que Shea se decidió a hablar de sus auténticas razones. No le resultaba fácil abordar el asunto y lo último que le apetecía era hacerlo delante de Andy, pero él le había dejado claro desde el primer momento -y sin necesidad de recurrir a las palabras- que no iba a hacerle ninguna clase de concesiones.

—No estoy aquí por turismo y como bien has dicho, podría haberte informado de mi divorcio con una postal —empezó a decir la treintañera.

Andy miró a Dylan de reojo. No quería dejarlo en evidencia delante de Shea, pero ¿en serio, eso le había dicho a su hermana?

Él continuó mirando a Shea, imperturbable. Ya que al fin se había decidido a decir qué hacía en Menorca, aparte de fastidiarle el plan de fin de semana, no sería él quién la interrumpiera. Andy, en cambio, intentó mostrarle a la mujer un poco de compasión. Se notaba que lo estaba pasando mal.

—Voy a por algo de beber, ¿qué os traigo? —dijo al tiempo que se incorporaba del sitio que ocupaba junto a Dylan.

Esta vez, él hizo algo; la retuvo por una mano.

—Por favor, quédate. Ya iré yo dentro de un rato.

Ella lo miró muy seria, esperando que entendiera que aquello no estaba resultando cómodo y que si quería que se quedara, mejor que le diera una buena razón. Preferentemente, una que no tuviera que ver con ponerle las cosas más difíciles a su hermana.

Él, por supuesto, se la dio.

—Serán menos preguntas que responder cuando me sometas a tu interrogatorio —apuntó él sin ninguna seriedad, haciendo que una sonrisa estuviera a punto de traicionarla.

El desparpajo de Dylan siempre disparaba el lado cómico de Andy. Tenía una respuesta para todo y a todo le sacaba punta. En este caso, además, no le faltaba razón. Ella no pensaba someterlo a ningún interrogatorio. ¿Someter al tercer grado al tío más independiente del planeta? Ni loca. Había sido una broma, por supuesto. Pero tenía miles de preguntas. *Millones.*

Andy volvió a sentarse y la atención de Dylan regresó a Shea.

—Soy todo oídos —le dijo.

Otro conato de sonrisa que Andy disimuló inclinándose a retirar una pelusa imaginaria de sus vaqueros negros. Shea respiró hondo y empezó a hablar.

—Necesito hacer cambios en mi vida. Me refiero a cambios radicales. Necesito tiempo para mí, para estar a mi aire y tomar decisiones. En casa de Erin, hasta mover un vaso del sitio ha de hacerse según un protocolo, así que no está preparada para ayudarme en estos momentos. Papá… bueno, ya lo conoces. Pensé que respirar otro aire algunos días, venir y hablar contigo me haría bien. Dejando a un lado nuestras diferencias, siempre has hecho lo que te ha dado la gana y te ha ido muy bien. Has triunfado. Eso tiene su mérito.

Había triunfado porque era incomparablemente bueno en su profesión y porque tenía el valor de hacer las cosas a su manera, independientemente de lo que pensaran los demás. Lógicamente, Dylan no esperaba que Shea -ni nadie de su familia- comprendiera la diferencia entre una cosa y otra. Tampoco se tomaría la molestia de explicarlo.

Sin embargo, el relámpago de rabia que atravesó sus ojos no pasó desapercibido a Andy quien empezó a darse cuenta de que las aguas familiares estaban mucho más revueltas de lo que suponía. Apenas habían intercambiado media docena de frases y no la conocía, pero había cierta hostilidad hacia Dylan en Shea que no le gustaba. Era evidente que a él tampoco.

Un instante después, sin proponérselo, el irlandés y su visión práctica de las cosas volvieron a dejar a Andy con la boca abierta.

—Erin es mi otra hermana —informó él como si estuviera dando el parte meteorológico.

También sirvió para sulfurar a Shea que torció el gesto y miró a otra parte. Algo que Dylan recibió con placer, a pesar de que no había sido premeditado.

—Hace varios meses que nos planteamos expandir el negocio —continuó la treintañera al cabo de un rato—. Abrir una oficina en Londres. Y me lo estoy pensando, pero reconozco que, en medio de un divorcio, mi cabeza quizás no esté todo lo fría que debiera. Y tú, otra cosa no, pero cerebral eres un rato. Creo que me ayudarías a aclararme.

—¿Todavía sigues en la empresa? Hace diez años él ya te habría echado. Está claro que Brennan Mitchell se está haciendo mayor —volvió la cabeza para mirar brevemente a Andy al tiempo que aclaraba—: Es mi padre.

—¿Sabes qué pienso? Que debería darte vergüenza hablar así de él, Dylan —replicó Shea con dureza.

Logró que Andy se sintiera abochornada, como si de ella hubieran sido las palabras, pero si a Dylan le produjo algo, no se notó. Continuó mirando a su hermana, imperturbable. La treintañera volvió a respirar hondo.

—Es estricto. Muchas veces es intransigente. Pero siempre se ha ocupado de nosotros. *Jamás se desentendería de sus hijos* —el énfasis fue dirigido a Dylan, que tampoco en este caso se dio por aludido, y dejó en el aire un algo extraño que hizo que Andy se sintiera confusa—.Y para que conste, si contigo fue especialmente duro, era porque te lo merecías. Siempre has sido una bala perdida. Aún y así, fuiste tú el que se desentendió de papá, y no al revés.

Dylan se puso más cómodo en el sofá. Estiró los brazos sobre el borde del respaldo y sacó a relucir su sinceridad más descarnada.

—Pero no estás hablando con él. A pesar de que es su negocio y tú eres su hija y él nunca se desentiende de nadie y yo soy una bala perdida, estás aquí, en mi casa. *Jodiendo* los dos únicos días a la semana que puedo pasar con mi chica. Así que, ¿qué te parece si me ahorras el sermón y vas al grano?

Andy bajó la vista. No le había gustado nada el exceso de sinceridad de Dylan, pero era innegable que la treintañera se lo estaba buscando. No pudo evitar pensar cuánta más sinceridad le tocaría presenciar, pero entonces, sintió la mano de él palmeando suavemente su hombro, como si intentara tranquilizarla.

Shea, que estaba más que acostumbrada a los modos de su hermano y no esperaba que los aires menorquines hubieran cambiado lo que la cerveza irlandesa no había conseguido cambiar, respondió con la misma sinceridad descarnada.

—¿Acaso te han impuesto días de visita? —Su mirada se desplazó brevemente hacia Andy. Notó que la muchacha tenía una expresión cómica en la cara, entre gracia e incredulidad—. Sería una auténtica ironía que a tus años alguien intentara meterte en cintura, hermano.

Andy festejó aquella idea loca con una carcajada.

—¿Mi madre, meterlo en cintura, dices? —La atención de Dylan ahora estaba completamente puesta en Andy y Shea lo notó—. No te haces una idea de lo que equivocada que estás... En mi casa adoran a tu hermano.

—Todos no —precisó él—. Hay quien me mataría lentamente. Mejor dicho *quienes*, en plural.

Andy lo acarició con la mirada.

—Ya caerán rendidos a tus pies. Dales un tiempo y verás —y dirigiéndose a Shea, explicó—: Todavía no ha acabado su contrato en Francia, así que de lunes a viernes está allí. —Notó sorpresa en la expresión de la treintañera, pero no se detuvo en ello. Sus ojos regresaron a Dylan—. Pero, a veces, tenemos mucha, mucha suerte y llegas el jueves por la tarde, ¿no?

Dylan se acercó y por toda respuesta depositó un beso húmedo sobre los labios de Andy, que ella devolvió.

Shea presenció la escena romántica sin saber muy bien qué pensar. Hasta el momento, nada de lo visto y oído cuadraba con la imagen que tenía de Dylan, así que una parte de ella se resistía a aceptarlo sin más. Lo que conocía de él -y treinta años en común daban para bastante conocimiento— era que su interés por una mujer acababa tras el coito y se circunscribía exclusivamente a él. De forma que el hecho de tomarse tantas molestias por esta mujer en particular le resultaba increíble, como si no se tratara del Dylan que ella conocía.

—La empresa ya no es de papá —continuó Shea—. Es nuestra; de Erin y mía. Y tuya, por supuesto, si tienes algún interés en ella.

El cambio, aunque inesperado, le parecía bien. Dylan hizo un gesto de aprobación con la cabeza. Tanto Erin como Shea era personas preparadas y competentes.

—Ninguno, gracias. Los libros de religión no me interesan.

—Hace años que no nos dedicamos solo a eso, Dylan. Que sepamos solamente la iglesia vive de la religión—respondió Shea con un punto de comicidad—. Trabajamos con editoriales de ficción, también hacemos mucho de infantil y hemos empezado a imprimir libros técnicos. Actualmente, representan el setenta y cuatro por ciento de la facturación.

Más sorpresas inesperadas. Si había algo que Dylan jamás había imaginado era que la empresa familiar pudiera abarcar rubros distintos de la religión y demás temas relacionados con ella. Al menos, no en vida de Brennan Mitchell. Su padre era un chupacirios de cuidado. Siempre lo había sido.

—¿Y por qué Londres?

—¿Y por qué no? —fue la respuesta de Shea.

—Bueno, ya sabes, intentar venderle hielo a los esquimales no es la mejor de las ideas.

Ella hizo un gesto dubitativo con la boca.

—No hablamos de hielo. Hablamos de libros y el plan de negocio es bueno. Además, tenemos buena reputación. Son cincuenta años en el negocio de la impresión de libros, que se dice pronto. Eso también cuenta.

Más allá de la tonelada de información nueva a procesar, Andy estaba alucinando con los hermanos y su forma de comunicación. Shea le parecía cualquier cosa menos una mujer afectada por su inminente divorcio y, desde luego, no podía negar que era familia de Dylan. La misma brevedad superlativa, la misma sinceridad descarnada, la misma practicidad. No pudo evitar preguntarse qué habría sucedido para que dos personas tan poco dadas a tomar las cosas de forma personal, hubieran acabado distanciándose tanto.

—Si quieres que le eche un vistazo… —ofreció Dylan.

—Me gustaría, sí. Lo tengo aquí… —Shea hizo una pausa esperando que él dijera algo. Dylan le hizo un gesto con la mano de que se lo diera y ella sacó una carpeta de su enorme bolso y se la entregó—: Lo han preparado nuestros asesores.

—Pongámonos en la mesa —sugirió Dylan.

Andy esbozó una sonrisa. No solo estaba asombrada; también orgullosa de él y del esfuerzo que estaba haciendo por cruzar aquel puente. Se puso de pie, animada.

—Ahora sí que voy a por algo de beber —dijo—. Café, cerveza, coca-cola…, ¿qué os apetece?

—Café, gracias —dijo Shea y para mayor asombro de la joven, sonrió. Era una sonrisa ligera, casi una mueca, pero Andy quiso ver en ella un signo de que la tensión empezaba a decrecer y se alegró por ello.

—Cerveza, gracias —respondió Dylan y se estiró a tomar a Andy de la mano. Tiró de ella para que se acercara al tiempo que le decía—: Y un beso.

Andy se lo habría comido a besos, desde luego. Sin necesidad de que él lo pidiera. Pero cuando lo vio fruncir los labios, esperando su regalo, con esas caras tan cómicas que ponía cuando estaba de guasa, la risa salió sola.

Un segundo después, los dos reían a carcajadas mientras Shea los miraba con cierta incredulidad.

El fin de semana se les había pasado volando. Mucho más rápido de lo habitual. Y aunque habían procurado estar la mayor parte del tiempo juntos, los dos tenían la sensación de que apenas habían podido disfrutar a gusto. A la ausencia de una de las camareras del restaurante que continuaba de baja por lesión obligando a Andy a trabajar el fin de semana, se había sumado la inesperada presencia de Shea Mitchell en Menorca y toda la tensión, el alboroto familiar y las preguntas que había traído consigo.

Era primera hora de la tarde del domingo y Dylan guardaba las últimas cosas en la maleta. Estaba en el salón, junto a su novia, su hermana y la pila de cajas de mudanza que continuaban sin abrir.

—Hoy te vas más temprano... —comentó Andy. Dios, ya lo estaba echando de menos.

En realidad, no. Solo salía para el aeropuerto antes, el vuelo despegaba a la misma hora. Pero como la idea era poder disfrutar de ella un buen rato sin interrupciones, no pensaba delatarse.

Dylan se inclinó, la besó en los labios y continuó a lo que estaba.

Ella sonrió. La picardía se asomó de inmediato a sus ojos.

—¿Esa es tu manera de taparme la boca, calvorotas? Que sepas que puede ser contraproducente porque besarte me encanta y que tú me beses, mucho más...

Como Andy esperaba, la atención de Dylan se desplazó al instante de la maleta a ella. Él se enderezó. Sus intenciones resultaban tan evidentes como si las llevara pintadas en la frente con marcador fluorescente. Una mano le rodeó el talle y la otra ya le sostenía la nuca cuando el móvil de Andy empezó a sonar.

—Aissssss... —Aquel sonido que escapó de los labios de Dylan, más parecido a un lamento que a una queja, la estimuló incluso más que su avance, algo que siempre, indefectiblemente, le resultaba excitante.

Pero el tono de llamada era uno que nunca ignoraba.

—Es mi madre... —murmuró Andy con cara de dolor, al tiempo que se alejaba para atender la llamada.

Dylan volvió a su maleta. Si fuera creyente, suplicaría a Dios para que en la próxima hora y media no sucediera nada que les impidiera pasarla juntos y a solas. Lo necesitaba de verdad y estaba seguro de que Andy también.

—Porque lo estoy viendo, que si no...

La voz de Shea devolvió a Dylan a la realidad. La miró esperando que continuara.

Y vaya si lo hizo.

—Te has enamorado —sentenció.

Tenía su gracia que después de fastidiarle el fin de semana, ahora le viniera con esas.

—Soy así de inesperado.

Dicho lo cual, metió de mala manera la última prenda que le quedaba por guardar y cerró la maleta.

Shea pudo reconocer la molestia oculta en la respuesta de su hermano. En el fondo, no eran tan diferentes. Sin embargo, no había sido esa su intención.

—Disculpa, lo que quería decir es que me alegro por ti, Dylan. Ella parece una buena chica y también he podido ver que su familia te aprecia. Eso es bueno. Es bueno estar rodeado de gente que te quiere bien, aunque no sean de tu misma sangre.

Sin duda, lo era. Andy había traído luz a la vida de Dylan y todo su bagaje, que ahora él consideraba también suyo aunque nunca lo hubiera expresado en voz alta. Jamás le había importado si otros validaban sus vivencias o sus acciones, pero, en esta ocasión, le resultó todo un detalle viniendo de alguien que lo había tenido por un irresponsable y un egoísta la mayor parte de su vida.

Dylan asintió con la cabeza a modo de agradecimiento.

—No hace falta que engordes las arcas de los hoteleros de la isla, Shea. Quédate aquí si quieres. Estarás más cómoda.

—¿No te importa? Hay confianza, así que, por favor, dime la verdad.

Dylan hizo una mueca irónica. Se pasaba cuatro días a la semana en dique seco, soñando con volver a tener a su chica a tiro y poder desfogarse. La reaparición de Shea en su vida, no solo había reducido sus posibilidades de desfogue a mínimos insoportables, también había puesto sobre el horizonte una realidad muy incómoda para cualquier novia; comprobar que no sabe absolutamente nada del hombre con quien se acuesta. Lo cual, más tarde o más temprano, traería consecuencias. Como mínimo, preguntas. Aunque hasta el momento, para su sorpresa, Andy no hubiera formulado ninguna. ¿Y a Shea le preocupaba molestarlo quedándose en su casa menorquina mientras él malvivía otros cuatro días en su casa de Niza? Menudo sentido del humor.

—Acéptalo sin más y no me tires de la lengua, que la diplomacia no es una de mis virtudes —dijo él.

Ella asintió.

—Te lo agradezco, Dylan. —Tras una pausa, añadió—: Parece mentira que con treinta ya cumplidos me sienta tan rara en una habitación de hotel. Sola. Horriblemente sola.

Dylan se apresuró a quitarle hierro al asunto. Lo último que quería era descubrir que su cerebral hermana también tenía un lado sentimental. Serían demasiados descubrimientos para un solo fin de semana.

—Te quedas aquí y no se hable más, Shea. A ver dónde se ha metido mi novia que es hora de irme y me tiene que llevar al aeropuerto…

Andy, que llevaba unos instantes en el pasillo, sonrió de oreja a oreja. Se disponía a entrar en el salón cuando se dio cuenta de que los hermanos estaban hablando y decidió no estropear el momento apareciendo de repente. Y aunque estaba muy mal escuchar conversaciones ajenas detrás de las puertas, no se arrepentía en absoluto. Hacerlo le había permitido comprobar una vez más la madera de la que estaba hecho el irlandés y ahora se sentía mucho más orgullosa de él que antes. Además, le había encantado oírle decir "mi novia" para referirse a ella. Le había llenado el estómago de mariposas.

—Aquí estoy, calvorotas —repuso, aprovechando la ocasión para salir de detrás de la puerta y regresar al salón—. ¿Estás listo?

Sus ojos de cazador la acariciaron largamente, pero su voz no sonó sensual ni desafiante, sino categórica cuando dijo:

—¿Para ti? Siempre.

Esta vez había sido Dylan quién se había puesto al volante, camino del aeropuerto. A Andy le extrañó, ya que él solía preferir ir en el asiento del acompañante, pero enseguida cayó en la cuenta de que, en realidad, todo había resultado raro aquel fin de semana.

Empezando por la prolongada baja de la camarera, siguiendo por la inesperada aparición de Shea Mitchell y todo lo que ello había implicado, y, para ponerle la guinda al pastel, la noticia de que la ex mujer de Pau había sido internada en una clínica de desintoxicación y que, pendiente del fallo judicial, todo indicaba que la custodia de la pequeña Alba pasaría a su padre. Por eso la había llamado su madre.

De eso, precisamente, hablaban ahora Dylan y Andy.

—Pues te digo una cosa, como el juez le otorgue la custodia de Alba, mi familia estará de fiesta una semana seguida. Así que no te sorprendas si cuando vuelves la semana que viene…

De pronto, Andy dejó de hablar. Él le echó una mirada.

—¿Qué?

—Es que acabo de darme cuenta de que será Navidad y, bueno, no lo hemos hablado… Dios, no hemos hablado de casi nada… ¿Vienes la semana que viene, no?

Solo con esos ojitos que le ponía, Dylan diría que sí a cualquier cosa, pero, además, el tono de su voz… Casi había podido oír su súplica al final de la frase.

—El que viene y todos los fines de semana que haya hasta que acabe mi contrato. ¿Por qué? ¿Tenías previsto llevar a otro acompañante a la fiesta?

La primera frase le había devuelto al alma al cuerpo; la segunda, como siempre, le había arrancado una carcajada.

—¿Qué fiesta? —dijo ella riendo.

—La que dices que tu familia va organizar... Si no, la organizamos nosotros y listo, ¿no? Un fin de año sin fiesta no es fin de año. —Y le hizo un guiño.

Andy lo sorprendió dejándole un beso de ruido en la mejilla.

—¡Ay, te adoro... Eres el mejor, Dylan! —exclamó, y continuó hablando hecha un par de castañuelas—. No te extrañes si cuando vienes me encuentras con un sombrero de papel en la cabeza y guirnaldas de colorines alrededor del cuello, haciendo el baile de los pajaritos[11] media piripi[12]. ¡Después de seis años luchando, mi tío Pau tirará la casa por la ventana!

Dylan controlaba el tráfico con la mitad del cerebro mientras la otra mitad disfrutaba de Andy: su chica era un espectáculo siempre, pero cuando irradiaba tanta alegría, la encontraba sencillamente magnética. Tanto que concentrarse en el mensaje, y dejar de prestar tanta atención al mensajero, le resultaba casi imposible.

—Seguro que me encanta. Recuerdo perfectamente que la última -y única- vez que te vi "piripi", la cosa fue de miedo así que... —dejó caer. El cazador ya se estaba afilando los colmillos.

Andy echó a reír. Y tan de miedo, pensó. Un polvo épico, como muy bien él había advertido. Al que habían seguido otros dos igual de épicos.

—Vaya nochecita...

---

11 El baile de los pajaritos es una canción de fama internacional compuesta por Werner Thomas en 1957 que llegó a España en 1981 de la mano de la acordeonista María Jesús con dicho título y letra en castellano.
12 Piripi: (coloq.) ebrio.

—Y vaya mañana siguiente —apuntó él.

Ella lo miró con cara de desesperación.

—Dylan, estás a punto de subirte a un avión y no te veré en cuatro larguísimos días. ¿Quieres, por favor, no arrimar más leña al fuego?

Cuánta razón tienes, preciosa. Y, joder, qué ganas de quemarme...

El irlandés le hizo un guiño y cambió de tercio.

—¿Dices que lleva seis años intentando que le den la custodia?

—Sí. Se ha gastado una fortuna en abogados y detectives. Aquí... Bueno, en casi todas partes, los hombres no lo tenéis fácil en temas de custodia. La justicia siempre inclina la balanza hacia la madre. Incluso en casos dudosos. El de Pau, por ejemplo.

—¿Dudoso?

—Yo no la conozco —empezó a explicar cuando Dylan estaba entrando en el aparcamiento de estancias cortas—, apenas la vi de pasada un par de veces, pero por lo que me ha contado mi madre, no le hace ni caso a la niña. Quienes se ocupan de ella son los abuelos porque la mujer vive de fiesta. Pero, claro, mientras tenga su custodia, seguirá recibiendo dinero y seguirá teniendo a Pau cogido por las solapas.

Toda una historia, pensó él. Ni siquiera sabía que Pau Estellés hubiera estado casado alguna vez. No le sorprendía en absoluto que también en este asunto fuera un perro de presa. Por lo visto, era un signo de su personalidad. Lo que ya le resultaba menos claro era qué sucedería con la niña si quedaba a cargo de su padre.

—¿Y quién se va a ocupar de la pequeña si el juez le da la custodia?

Notó que Andy volvía la cabeza y lo miraba algo asombrada.

—Él. ¿Por qué crees que está en Barcelona semana de por medio? Por Alba. Los días que la tiene no se separa de ella. Si surge algún compromiso profesional y no puede cancelarlo, se la lleva con él. Y sé lo que estás pensando. Sí, es un metomentodo y muchas veces, lo mataría, pero en esto, me quito el sombrero. Pau es un padrazo, en serio.

Le resultaba extraño pensar en él en ese plan. De hecho, la primera vez que se habían visto las caras, le había parecido el típico metrosexual de familia bien. Bueno, en realidad, le había parecido un exaltado y un mafioso. Solo después de que se le hubiera pasado el calentón, había reparado en su aspecto y lo último que habría imaginado era que tenía un lado paternal y una hija con quien mostrarlo.

Dylan aparcó y ambos descendieron del monovolumen. A continuación, sacó el pequeño equipaje de asiento de atrás, la cazadora, se colgó en bandolera el portátil y su bolso de hombre y volvió a cerrar. Andy, como siempre, aprovechó el momento para regodearse en las vistas. Vestía pantalones pitillo negros, botas cortas y lo mejor, una de sus camisetas de escote en 'uve' y mangas largas que él solía llevar arremangadas hasta el codo y que le quedaban de miedo. Perfilaba sus cautivantes formas masculinas sin llegar a ceñirse al cuerpo y exponía parte de sus tatuajes. Estaba para comérselo.

Él no solo era consciente de la mirada incendiaria que le estaba dedicando su chica, la provocaba. Todo lo que hacía llevaba ese propósito. No era ningún secreto que siempre le había gustado ser el centro de atención si el público presente era del sexo femenino, pero enamorarse había convertido algo que le gustaba, en algo que lo volvía loco.

Le ofreció su mano que Andy cogió y juntos se dirigieron al edificio de Salidas. Sin embargo, no fue hacia los mostradores de facturación, sino hacia la zona comercial.

—Dylan, es hacia allá… —Andy señaló la dirección correcta.

Él se detuvo y le rodeó la cintura. Habló mirándola con sus enormes ojos color cielo.

—Quiero una cerveza y una hora contigo, solo para mí. Luego, me iré. Qué remedio.

—¿Sales a la hora de siempre? —Él asintió—. Ay, me derrites cuando haces estas cosas…

Dylan se inclinó a besarla.

—Y tú me pones a cien cuando me dices estas cosas.

La pareja permaneció mirándose unos instantes. Andy se habría encerrado con él en cualquier rincón donde pudieran estar a solas y a cubierto de miradas extrañas. Lo que sentía por él era loco, arrebatador y casi, casi irreprimible. Otro tanto le sucedía a Dylan. En su caso, amplificado por mil. Pero… Ella no había hecho preguntas y por más que él le agradeciera el gesto, necesitaban hablar. Había cosas que quería contarle y si se enredaban en uno de sus toma y daca apasionados, se les echaría la hora encima y él tendría que marcharse.

Al fin, Dylan respiró hondo. Ella lo miró con picardía.

—Mejor que vayamos a por esa cerveza, ¿no?

Un rato más tarde…

Habían pedido una cerveza y un refresco, que habían acompañado de unos frutos secos y una pequeña botella de agua. Durante algunos minutos, Pau había vuelto a monopolizar el tema de conversación, pero en un momento dado Andy se dio cuenta de que él estaba como ausente, algo ensimismado. Lo cual solo podía querer decir que había algo rondando su mente y estaba buscando la forma de decirlo. De modo que calló.

Al cabo de un rato Dylan empezó a hablar. Su tono de voz era pausado, como siempre, pero, a diferencia de siempre, sus ojos no la miraban a ella, sino al vaso que hacía girar sobre su base.

—Me llevo a matar con mi padre. Es un dictador que tiene a todo el mundo bajo su yugo. Nadie hace nada sin su aprobación. Ni mi madre, ni mis hermanas… Para él soy la quintaesencia del pecador, siempre ha sido así. Mientras era un niño, le tocó bregar conmigo porque me rebelaba. Pero crecí, dejé de ser niño y ya no podía castigarme. Nuestros enfrentamientos fueron batallas campales hasta que me fui de casa....

Bebió un buen sorbo de su cerveza, lo hizo despacio. Ganaba tiempo mientras se devanaba el seso buscando la mejor forma de decir lo que tenía que decir. Llevaba dándole vueltas al asunto desde que Shea había puesto un pie en la isla y seguía sin encontrarla. Era una auténtica mierda y no había forma de suavizarla. Dylan dejó su bebida sobre la mesa, alzó la vista y miró a Andy.

—A perro flaco nunca le faltan pulgas así que… Cuando yo tenía más o menos tu edad, una amiga del colegio de Shea se quedó embarazada y dijo que yo era el padre del bebé. De más está decir que mintió —se apresuró a aclarar.

Notó la confusión y el asombro en la mirada de Andy, y maldijo por dentro.

—Era una cría —continuó—. Tenía dieciséis o diecisiete y se encaprichó de mí. Según ella era amor, imagínate…. Me dio la brasa hasta que yo le paré los pies y eso no le hizo ni puta gracia…. Como era de esperar, en casa se organizó un follón de dimensiones épicas. Mi padre es un católico recalcitrante, así que ya te puedes imaginar cuál fue su postura en el asunto. Te voy a ahorrar los detalles truculentos y solo te diré que no cedí. A pesar de los ruegos de mi madre y la furia de mi padre y los llantos de Shea y los insultos de Erin… No cedí.

Dylan hizo otra pausa. Odiaba estropear los pocos ratos que pasaban juntos con aquella historia patética. En el fondo, lo que odiaba más que nada era desencantarla.

—No me acosté con ella —continuó—. De hecho, no me acosté con nadie durante el tiempo en el que se supone que la dejé embarazada. —Al ver el ceño fruncido de Andy y su palidez, Dylan respiró hondo—. Tuve una infección urinaria, una bastante seria. Tardó meses en curarse del todo.

Soltó el aire en un suspiro de hartazgo que apenas consiguió liberar una mínima parte del que sentía. Hartazgo de aquel tema, de que su familia que nunca le había dado más que frustración y disgustos, regresara ahora a causarle más frustración, a obligarlo a disgustar a la última persona en el mundo a quien deseaba disgustar.

—Y sobre el día del follón... Podía haberlo dicho, sí. Justificarme. Contar que si no podía ni mear sin ver las estrellas, mal podía preñarla...

La voz de Dylan ya no sonaba tranquila ni pausada. Sus palabras llevaban una carga de rabia que afectó a Andy. Su rabia denotaba dolor, un dolor que ella pudo sentir y que la sacudió por dentro.

—Pero para mí las cosas no funcionan así. ¿No dicen que son mi familia? Entonces, mi palabra debía bastar.

El silencio que hubo a continuación dejó claro que no había sido así.

—Después de eso —continuó al cabo de un rato—, las cosas fueron a peor. Mi padre me hablaba lo imprescindible, pasábamos semanas sin vernos... Mis hermanas... Bueno, acudían a mí cuando no les quedaba más remedio... Porque mi madre las obligaba o cuando necesitaban que ejerciera de hermano mayor.

Algo que, por lo visto, no había cambiado, pensó Andy con pesar. Shea Mitchell no se había presentado en Menorca para saber qué tal le iba la vida. Era evidente.

Dylan se encogió de hombros.

—Pero, profesionalmente, me iba muy bien. Se me presentaron buenas posibilidades de trabajo en Londres, en Edimburgo, incluso en el Continente. La única razón que me retenía en Dublín era mi madre. Después de que me fui de casa, nuestra relación mejoró. Llegamos a ser bastante compinches... Dentro de lo compinche que se puede ser cuando estás casada con un hombre controlador que no te deja en paz ni a sol ni a sombra, claro… Pero hace cuatro años, entró en el hospital por una operación de apéndice y no salió viva. Poco después me fui de Irlanda…

Él dejó de hablar y dio otro buen sorbo a su cerveza. Torció el gesto al comprobar que se había calentado. Decidió que necesitaba refrescar la garganta antes de que diera comienzo la rueda de preguntas y respuestas, así que se puso de pie.

—Y hasta aquí las desventuras de los Mitchell. Después de esto, me merezco una cerveza bien fría, ¿te traigo algo, nena?

Los ojos de Dylan, brillantes de preocupación aunque él se esforzara tanto en disimularlo, se posaron sobre Andy. ¿Cómo no iba a estar preocupado después de lo que se había visto obligado a soltarle a modo de presentación familiar? Era una historia de locos, propia de una familia de locos. Y no una historia de locos cualquiera; una que cuestionaba su honor, su dignidad como persona y como hombre ante los ojos de la mujer que amaba.

Sin embargo, Andy había hecho una lectura diferente del tema. Muy diferente. Conocía de primera mano los devastadores efectos que la intransigencia de un padre tenía sobre el resto de la familia, lo difícil que era no dejarse influir por sus opiniones, mantenerse al margen. Pero en su caso, se trataba de un abuelo, alguien lejano y desconocido que simplemente se había perdido la infancia y la adolescencia de sus nietos. El daño acababa ahí. En el caso de Dylan, la semilla de la discordia dormía bajo el mismo techo. No podía imaginar su propia vida sin el apoyo constante y el amor incondicional que había recibido de Anna, sin el amor de sus hermanos, sin su camaradería… Simplemente, no podía. Así que comprendía perfectamente lo que había supuesto para Dylan crecer, *vivir*, junto a un padre que lo juzgaba constantemente. Saberlo, conocer esa historia, le provocó tristeza y mucha más admiración por él de la que ya sentía.

—Sí —dijo ella esbozando una sonrisa tristona—. Un beso, ¿puede ser?

El alma regresó al cuerpo de Dylan, que la abrazó por puro impulso. La estrechó fuerte entre sus brazos y se besaron apasionadamente.

—Lamento el rollo, pero tenía que decírtelo —murmuró él al cabo de un rato. Los dos continuaban abrazados.

—Y yo siento que tu experiencia familiar haya sido tan… terrible, Dylan. Te prometo que en mi casa te compensaremos. Es lo que toca, ¿no te parece?

Unas ganas tremendas de devorarla y acariciarla y hacerle el amor y volver a sentir esa plenitud que solo sentía cuando estaba con ella, se adueñaron de Dylan.

Lamentablemente, eso no era una opción en aquel momento.

Tomó el rostro de su chica y depositó un beso de ruido sobre sus labios. De los muy ruidosos.

—Compensación, qué palabra más buena… —dijo el cazador asomando sus orejas—. Lo que me parece es que esta conversación se está poniendo muuuy interesante…

Andy empezó a reír

—Anda, calvorotas, ve a por tu cerveza que yo enseguida vuelvo.

Dylan ya estaba en la mesa paladeando su nueva cerveza cuando Andy regresó del baño.

—Ya estoy aquí… —Lo miró con una sonrisa en los labios y le gustó comprobar que él parecía haberse recuperado.

—Nunca hablo de mi familia, así que este es el momento de hacerme las preguntas que quieras.

Ella asintió, pero permaneció en silencio, mirándolo con ternura.

Él meneó la cabeza.

—Sé que tienes preguntas, Andy. Hazlas. Pregúntame lo que quieras saber.

Dylan sabía que no sería fácil. Años de interrogatorios, de contrastar sus respuestas aunque eso supusiera dejarlo en evidencia delante de todos, de castigos cuando la historia mostraba inconsistencias y de las consecuentes palizas cuando él se rebelaba a los castigos... Si algo había hecho bien Brennan Mitchell había sido lograr que su único hijo varón desarrollara una grave intolerancia a cualquier cosa que oliera siquiera a intromisión en su vida privada.

No le resultaría fácil pasar por ello, pero lo haría. Por Andy.

—Es cierto. Si dieran un curso sobre Dylan Mitchell en alguna parte, me apuntaría sin dudarlo. Estoy enamorada y de ti quiero saberlo todo. —Él se estremeció de la cabeza a los pies. Ella no pareció darse cuenta y continuó hablando—: Pero... Los dos lo hemos pasado mal y esto que tenemos ahora es tan valioso... Nunca he tenido una relación de esta clase, es mi primera vez, ¡y estamos separados por cientos de kilómetros casi cinco días a la semana! Ya es difícil tal y como es, Dylan. No creo que en tu pasado vaya a encontrar ninguna respuesta que nos ayude a ser más felices hoy. Y que seamos felices, me importa mucho más que hacer un master sobre ti —sonrió—, que lo haré, no dudes de que lo haré, pero no ahora.

También era la primera vez de Dylan. Y no solo en cuanto a mantener una relación sentimental con una mujer, sino a todo, incluido lo más básico: estar junto a alguien a quien verdaderamente le importaba y experimentar qué se sentía siendo el destinatario de dicho interés. Vivirlo en primera persona era lo más alucinante que había experimentado jamás y, además, le había abierto las puertas a una clase de emociones totalmente nuevas, únicas, sin las que ya no podría vivir: *necesitaba* ser importante para Andy, tanto como ella lo era para él.

Dylan la miró con un ojo entornado y aquella sonrisa derrite glaciares.

—¿Se supone que me tengo que creer que no quieres saber qué pasó con la amiga de Shea?

—Yo no he dicho eso —replicó Andy con una sonrisa pícara que hizo que el irlandés sintiera unos deseos locos de saltar por encima de la mesa y devorarla entera.

Pero había llegado la hora de embarcar y dejarla. Aún no se había marchado y ya le dolía el corazón de tanto echarla de menos.

Se puso de pie.

—Vamos —dijo, al tiempo que cogía sus cosas.

La pareja se dirigió a los mostradores de la aerolínea para que Dylan facturara su equipaje. Después de eso, Andy lo acompañó hasta la zona de embarque.

—Hora de irse —murmuró ella con un deje tristón en la voz.

Él asintió. Respiró hondo y soltó el aire en algo que sonó casi como un bufido.

—Dejó el instituto y se casó con el novio, otro crío igual que ella que, por lo que se cuenta, tampoco era el padre biológico, pero estaba lo bastante enamorado para hacerse cargo del asunto. Se fueron a vivir a Limmerick, de donde era la familia de él. Mi hermana intentó seguir en contacto, pero "su amiga" no hizo los honores… Lógico. Era un mal bicho, una manipuladora… Ya no podía sacarle nada y su mentira no había surtido el efecto esperado, ¿para qué molestarse en fingir amistad? Como no podía ser de otro modo, Shea también me culpó a mí de eso —se inclinó y depositó un beso húmedo sobre los labios de Andy, tras el cuál, murmuró—: Y ahora sí que me voy. Sé buena, no trabajes mucho y piensa en mí cada minuto del día porque como no lo hagas, cuando regrese tú y yo tendremos más que palabras, ¿de acuerdo?

Ella devolvió el beso con vehemencia.

—¿Más que palabras? Mmm, qué excitante suena eso…

—Tú sigue arrimando leña al fuego y verás —replicó él, dándole una palmada en el trasero.

Ya empezaba a alejarse cuando ella lo tomó de la mano.

—Gracias por contármelo, Dylan. Eres un buen hombre y una persona increíble. Tarde o temprano, tu familia también lo verá.

Él le arrojó un beso con los labios y se puso en marcha antes de que su locura por ella tomara el control de las cosas. Estaba a punto de pasar el control de pasaportes cuando recordó algo. Volvió sobre sus pasos mientras rebuscaba en su bolso de hombre.

—Úsalo a discreción y sin censura —dijo al tiempo que le entregaba un sobre americano que ella tomó bastante sorprendida.

Andy permaneció mirándolo intrigada, sin atinar a averiguar que contenía. Muy pronto, dejó de verlo y volvió a poner su atención en el sobre. Cuando lo abrió, una sonrisa de mujer enamorada se dibujó en su rostro.

Tomó el flamante móvil de última generación que contenía. Comprobó que estaba encendido y tenía un mensaje. Ansiosa, lo abrió:

"Llámame y escríbeme cuando quieras.
Estoy loco por ti".

ENTRE-HISTORIAS 3

Semana de Navidad de 2009.
Ciudadela, Menorca.

Supieron enseguida que lo más probable era que Dylan tuviera que pasar la navidad en Niza y después del primer momento de desencanto, Andy se descubrió barajando la posibilidad de ser ella quien viajara. Al día siguiente cumplirían un mes y si conseguía un billete barato y lo cargaba a la tarjeta de crédito, podían pasar la noche juntos… Llegar a Niza última hora de la tarde y estar de regreso en Menorca temprano la mañana siguiente. Como mucho, estaría ausente del restaurante un turno de cenas. Seguro que podían apañárselas sin ella. Era una idea perfecta que le puso el corazón a dos mil por hora en un instante.

Pero Pau, a quien el juez le había concedido la custodia provisional de la pequeña Alba, continuaba en Barcelona ultimando el papeleo y no llegaría hasta la víspera de Navidad, con lo cual Ciro estaba desquiciado, dirigiendo el restaurante menorquín en persona y el barcelonés por teléfono, en las fechas más ajetreadas del año. Cuando aquella tarde, después de hablar con Dylan y confirmar que no pasarían la Navidad juntos, Andy se dio una vuelta por la cocina del restaurante donde el chef ensayaba nuevos platos para la cena de fin de año y le planteó la posibilidad de librar el día siguiente por la tarde, Ciro se había limitado a mirarla como si estuviera loca. Tras lo cual había continuado hablando con las langostas de la pecera, señal evidente de lo desquiciado que estaba.

Y un suceso tan trivial como no poder siquiera tomarse libre un turno de cenas -algo que ni siquiera se le habría cruzado por la imaginación si Dylan hubiera podido viajar a Menorca aquella semana como había hecho las tres anteriores- fue la ficha del dominó que al caer, arrastró a las demás. Un pensamiento llevó a otro y la sensación de necesitar un cambio urgente se volvió tan real que Andy no podía quitársela de la cabeza.

Aquella noche la había pasado dando vueltas en la cama, por lo que parte de la mañana había ido en piloto automático a base de batidos energéticos. Para colmo de males, no había podido comunicarse con Dylan. Cada vez que lo había intentado, oía la misma grabación en francés. Era el día de su aniversario, el primero de toda su vida, y ni siquiera podía hablar con él. Así que a la frustración de no poder estar juntos en dos semanas y a esa necesidad de hacer cambios urgentes que la estaba asfixiando, ahora tenía que añadir la ansiedad por saber si Dylan era de la clase de pareja que recordaba las fechas importantes o no.

Hacía un buen rato que habían vuelto de la consulta de medicina china y mientras Anna se ponía ropa cómoda, Andy estaba en la cocina preparándole una infusión. Estaban solas ya que Neus había salido a hacer unas compras de última hora y se había llevado a Luz. Pasaría la Navidad en Barcelona junto a sus hijos Quim y Sylvia. Ciro tomaría el último vuelo, después de reunirse con Pau y ponerlo al día de todo.

Andy volvió a mirar su flamante móvil por enésima vez. Sin mensajes. Soltó un suspiro y continuó esperando que el agua hirviera. Pero, por lo visto, debía llevar más tiempo del que creía animando al hervidor para que calentara el agua de una vez porque de pronto Anna estaba junto a ella, mirándola con una sonrisa pícara en los labios.

—¿Qué haces, cariño?

—Prepararte una infusión, ¿por?

Anna la despeinó cariñosamente. Encendió el fogón del hervidor con un gesto gracioso y rió al ver que su hija ponía los ojos en blanco.

—Cómo se te nota el amor, cariño… Y qué feliz soy de que se te note tanto.

No era el amor lo que la tenía con la cabeza en cualquier parte. Bueno, en parte sí, pero no aquella mañana.

El gesto de Andy se volvió tan serio que la sonrisa de Anna empezó a desaparecer.

—¿Qué pasa, hija? ¿Hay algo que no me hayas contado? —La mujer tomó a la muchacha de la mano y tiró suavemente, indicándole que se sentaran a la mesa—. Habla con tu madre, Andy.

Ella obedeció a regañadientes. Muchas ideas daban vueltas en su cabeza, pero ninguna le parecía lo bastante consistente como para ponerla en palabras. Lo último que deseaba era preocuparla. Por otra parte, estaba claro que su perspicaz progenitora ya se había dado cuenta de que algo le sucedía, así que no ponerlo en palabras haría más mal que bien.

—Creo que necesito cambiar de trabajo… ganarme la vida haciendo algo distinto… Estoy muy agradecida a los tíos y a los primos, tú lo sabes, pero no quiero ser jefe de sala de Sa Badia.

Meneó la cabeza ante la facilidad con que algo con lo que venía forcejeando desde hacía semanas, de pronto, había salido por su boca como si no fuera ella la dueña de las palabras.

Pasado el primer momento de sorpresa, sus ojos buscaron averiguar qué acogida había tenido aquella locura en su madre.

—¿Y qué es lo que te preocupa, Andy? No tienes por qué trabajar en el restaurante, ni en ningún otro negocio de la familia para el caso. —Anna hizo una pausa, tomó la mano de su hija—. Cariño, mi prioridad absoluta es que seas feliz. Es lo único que me importa y ojalá no fuera necesario que trabajaras tanto, pero ya que tienes que hacerlo, que al menos sea algo que te guste y te motive. Sea lo que sea, yo te apoyaré.

Andy apretó la mano de su madre. La miró con cara de dolor.

—¿Y si lo que quiero es trabajar para mí, tener mi propia empresa?

El rostro de Anna se transformó en un instante. Asombro, emoción, alegría… Toneladas de orgullo de madre.

—¿Esa es la idea que da vueltas por tu preciosa cabecita, cariño? ¡Qué orgullosa estoy de ti, Andy! —dijo, rezumando emoción. Tanta, que consiguió que el alma regresara al cuerpo de la muchacha.

—¿En serio te parece bien? Una parte de mí sigue pensando que es una auténtica locura… Bueno, la verdad sea dicha, no es que piense que es una locura. Lo que pasa es que está asustada —admitió y al ver la sonrisa de su madre, se apresuró a añadir—. Tranquila, la miedica es una parte minúscula. El resto de mí piensa que sería genial y está dispuesta a ir a por todas.

La ilusión había ido creciendo en el rostro de la muchacha, conformando un cuadro que Anna encontró inspirador. También había sido joven y había tenido sueños. Había vibrado de emoción al comprobar que era capaz de salir adelante por sí misma, en su caso, lejos de su tierra natal, lejos de los suyos. Podía entender perfectamente cómo se sentía Andy y lo encontraba emocionante.

—¿Y a qué te gustaría dedicarte, cariño?

No lo había decidido aún… En realidad, había una idea recurrente, que se apresuraba a descartar cada vez que caía en la cuenta de la inversión que sería necesaria para sacarla adelante. Pero la idea volvía una y otra vez. Así que tal vez…

Andy exhaló un suspiro.

—Me gustaría abrir un gimnasio aquí, cerca del puerto. —Anna sonrió—. Un lugar donde ofrecer tratamientos de belleza y diferentes actividades físicas, no solo gimnasia en aparatos. ¿Suena muy loco?

—¡Suena fenomenal, Andy! Y dime, ¿qué piensa Dylan de esto?

Anna supo la respuesta antes de que su hija lo dijera; bastó ver el brillo en sus ojos y aquella expresión de mujer locamente enamorada.

—Dylan… Ay, mamá, para él no hay nada que yo no pueda hacer… No lo dice con todas las palabras, pero no hace falta. Sé que lo cree y saberlo consigue que me sienta la reina del mundo, la mejor, te lo juro…

—Es que lo eres, cariño. Por eso me gusta tanto tu irlandés, porque se nota a la legua que te admira y ha dejado bien claro que hará lo que haga falta para estar contigo. Ve a por ello, Andy. Te lo digo con el corazón. Ve a por ello…

—No te molestes en ir que ya te lo traigo yo —dijo Roser que en aquel momento entró en la cocina. Depositó sobre la mesa lo que evidentemente era un obsequio—. El *yakuza*, además de demasiados tatuajes, tiene una asombrosa facilidad para abrir la billetera. Lo ha traído un mensajero.

Andy se abalanzó sobre el paquete. Literalmente. En otras circunstancias, se habría tomado un momento para decirle a su querida tía que se dejara de mordacidades y metiera las narices en sus asuntos, pero aquel regalo, daba igual lo que fuera, era una constatación de que Dylan *era* de la clase que recordaba las fechas importantes de la pareja. La emoción que trajo aquel pensamiento se lo llevó todo por delante.

Además, Anna se encargó de Roser mejor que la propia Andy.

—¿Y qué hay de malo en eso? —le dijo—. Empieza a resultar cargante que cada vez que hables de Dylan sea para criticarlo o para quejarte. No tiene que gustarte a ti, ¿de acuerdo? Ya está bien de tonterías, Roser.

La aludida hizo un gesto de disgusto, pero cuando abrió la boca, no fue para contraatacar. Lo último que deseaba era recibir otro rapapolvo por irritar a su hermana y que todos acabaran en las urgencias hospitalarias como había sucedido hacía un mes.

—¿Dónde está nuestra querida hermana? —preguntó, echando un vistazo alrededor—. Dijo que se ocuparía del baño de Luz y según mi reloj, lleva media hora de retraso…

Nadie respondió.

Andy estaba sumida en su momento romántico y Anna la contemplaba con ternura. Lo que Roser había dejado sobre la mesa era una caja de bombones, pero el verdadero manjar, por lo visto, estaba en la cuartilla que la joven sostenía en sus manos y leía con evidente ansiedad. Sus ojos se desplazaban de palabra en palabra, brillantes, refulgentes de amor.

En efecto, Andy leía la nota manuscrita con una mezcla de amor y asombro. Él había elegido los bombones personalmente y lo había dejado todo preparado para que se lo entregaran el día señalado. Así que mientras ella disfrutaba de su presencia en la isla y ni siquiera había tenido tiempo de preguntarse si él se acordaría de su primer aniversario, Dylan se ponía manos a la obra. ¿Dejaría de sorprenderla alguna vez?

"Angela me los dio a probar el primer fin de semana que estuve en la isla y me comí ocho sin darme cuenta. Están buenísimos. La verdad, no es lo que quería regalarte, pero tenía que ser algo que te gustara y no escandalizara a tu familia cuando lo abrieras delante de todo el mundo. Porque seguro que están ahí contigo, ¿no?

No te preocupes por las calorías que yo te ayudo a quemarlas ;)"

—Vale, no contestéis todas al tiempo que no me entero de nada —comentó Roser, ácida.

La respuesta, sin embargo, estaba entrando por la puerta en aquel preciso momento. Y no venía sola; Shea Mitchell venía con ella.

Roser fue a por la pequeña Luz. Ofreció un sucedáneo de sonrisa a la invitada y disparó a discreción:

—No entiendo por qué dices que te ocupas de bañar a la niña si vas a hacerlo cuando te venga en gana. La criatura tiene sus horas. Tú que has parido tres hijos deberías saberlo mejor que nadie. —Tomó a Luz y la sacó de su silla de paseo—. Ven, cariño, vamos a por ese baño.

—Hola, Roser —respondió Neus con retintín a su hermana, la gruñona, y quitándole hierro al asunto, comentó dirigiéndose a Shea—: Si te quedas una semana más, también se meterá contigo. No te preocupes. Ella es así... Familia, mirad a quién me encontré en la calle Mayor.

Andy no respondió. Seguía con la nota de Dylan en la mano y con el móvil pegado a la oreja, probando suerte otra vez, a ver si podía hablar con él. En realidad, ni siquiera se había enterado de lo sucedido después de que Roser llegara con el regalo.

Anna sacudió la cabeza, enternecida al comprobar que su hija seguía sumergida en su propio mundo.

—Dadle un momento para que se recupere —explicó, risueña—. Entre que es novia primeriza y que tu hermano no deja de sorprenderla...

La mirada interrogante de Shea se posó sobre las mujeres y a continuación sobre la la lujosa caja que había sobre la mesa, de camino hacia su destino final: la muchacha del corte *pixie* que un poco más allá tecleaba en su móvil. Pensó que tenían que estar hablando de otra persona. El Dylan Mitchell que ella conocía no hacía esas cosas.

—¿Le ha mandado bombones? —preguntó Neus, interesadísima cuando su mano ya se dirigía hacia una de las delicias envueltas en papel metalizado rojo.

Anna le dio en los dedos a modo de regañina.

—Eh, que no se los va a comer a todos… —se defendió Neus con picardía.

—Que sea Andy quien lo decida, ¿no te parece, hermana?

El hervidor empezó a pitar. Neus apagó el fogón.

—Tenemos el agua a punto, chicas. ¿Quién se apunta a un té? ¿Shea?

—Sí, gracias —respondió la irlandesa. Su mirada regresó sobre Andy que en aquel momento volvía a la realidad con una sonrisa algo incómoda.

—¡Hola, Shea! Hola, tía… ¿Queréis un bombón?

—¡Claro que sí! —exclamó Neus. En menos de un segundo ya lo había pelado y lo estaba saboreando—. Mmm, qué delicia… Tu novio sí que sabe, sobrina. Lo voy a contratar para que "adiestre" a Ciro, a ver si encandila a alguna chica y me hace abuela de una vez.

Shea también se sirvió, pero su comentario fue muy diferente al de Neus.

—Estoy aprendiendo más sobre mi hermano en los seis días que llevo aquí que en toda una vida… ¿Te manda bombones desde Niza porque sí? —Hizo un mohín irónico—. En casa no van a creerme.

Andy decidió que era hora de aportar su granito de arena a la reconciliación familiar.

—Ni vienen de Niza ni son porque sí. Hoy cumplimos un mes juntos y este fin de semana se ocupó de dejar todo preparado para que me lo entregaran —respondió con dulzura. La mirada orgullosa de Anna no se separó de ella ni un segundo —. ¿Sabes qué pienso, Shea? Que tú y tu familia haríais bien en darle un repaso a lo que creéis que sabéis sobre Dylan. Os sorprenderíais mucho.

Shea no pudo más que asentir. Porque, desde luego, estaba asombrada. Asombrada de saber que, a pesar de que Andy y Dylan se habían conocido varios meses atrás, llevaban tan poco tiempo saliendo juntos. Asombrada por la diferencia de edad, por la evidente implicación sentimental de su hermano, alguien a quién creía exento de esa clase de emociones. Sorprendida por aquel detalle no solo propio de un hombre enamorado, sino de uno detallista. Algo que no cuadraba en absoluto con lo que sabía de él.

En efecto, pensó, quizás fuera hora de revisar lo que los Mitchell creían saber de Dylan.

El vuelo de Shea salía a media tarde. A Andy le habría gustado acompañarla al aeropuerto, pero apenas pudo aspirar a dedicarle unos cuantos minutos cuando ella entró a Sa Badia a despedirse mientras el taxi la esperaba en la calle para llevarla al aeropuerto.

Andy la recibió con una sonrisa.

—¿Ya estás lista para volver al terruño?

—Lo que se dice "lista", no, pero mi vuelo sale en un rato, así que… Vengo a despedirme, Andy, y a agradecerte otra vez todo lo que habéis hecho por mí tú y tu familia. A pesar de las circunstancias, habéis conseguido que fueran unos días gratos, que me sintiera cómoda y acogida.

Andy le restó importancia con un gesto de la mano.

—¡De nada, mujer! Ha sido un gusto, de verdad. Dime, ¿has podido hablar con Dylan?

—No, ¿y tú?

La pobre llevaba todo el día intentándolo sin éxito y a Andy le daba pena que para una vez en años que la vía de comunicación entre los hermanos estaba abierta, fuera la tecnología la que se convirtiera en un obstáculo.

—Nada —respondió—. Logré comunicarme una vez, pero apenas si consiguió decirme "hola".

—Debe estar en el medio de la nada, como dice él, porque no hay forma. Qué rabia. Inténtalo por la noche cuando aterrices. Seguro que ya estará de regreso en la civilización.

La treintañera asintió.

—Sí, no te preocupes. Seguiremos en contacto —la tranquilizó—. De todas formas, le he dejado unas líneas en su casa. A los Mitchell se nos da mejor comunicarnos por escrito que de palabra y tenía cosas que decirle, así que…

—¡Qué bien, Shea! Sé que no nos hemos conocido en la mejor de las circunstancias. Por vosotros, me refiero, pero quiero que sepas que me encanta que estéis en vías de resolver vuestras diferencias y que en mi casa eres bienvenida. Ven siempre que quieras. Estaremos encantados de recibirte.

La hermana de Dylan asintió repetidas veces con la cabeza. Aunque al principio se hubiera sentido como sapo de otro pozo, le gustaba aquella gente. Le gustaba Andy y su familia, y se sentía agradecida por el evidente interés que habían puesto en hacer que ella se sintiera cómoda.

—Te diría lo mismo, pero dudo mucho que mi hermano tenga planeado un viaje a Dublín en los próximos meses. —Hizo un gesto contrariado—. Lo cual, la verdad, no me extraña. Si estuviera en sus zapatos, haría igual.

—Quizás esté más en tus manos de lo que piensas conseguir que eso cambie —sugirió Andy.

Shea negó con la cabeza.

—No lo creo. La relación de Dylan con papá es peor que mala y aunque consiguiera mostrarle cuánto ha cambiado su vida y la clase de gente de la que ahora se rodea, tú, tu familia… Le duele que se marchara de Irlanda tras la muerte de mamá y, en el fondo, creo que nunca le ha perdonado que siendo su único hijo varón, fueran sus hijas quienes se hicieran cargo del negocio familiar. Hay heridas profundas que no sé si llegarán a cerrarse alguna vez…

A Andy le sorprendieron las palabras de Shea, pero intentó disimular. Se repetía que eran asuntos de familia y que lo mejor era andar con pies de plomo. Sin embargo, no podía dejar de pensar que la idea que se había formado acerca del conflicto familiar tras hablar con Dylan era diferente de lo que ahora comunicaba Shea. No había hecho ninguna referencia, ni siquiera tácita, al asunto de la amiga embarazada ni a un padre avergonzado por el comportamiento de su hijo. Las heridas de las que hablaba tenían que ver con sentirse abandonado y, hasta cierto punto, un poco traicionado por un hijo nada respetuoso con las tradiciones. Aunque también era posible, reflexionó Andy, que Shea no hubiera hecho referencia al tema de la amiga embarazada porque ignoraba si ella estaba al tanto y no deseaba crear problemas en la pareja.

—Bueno, si tú intentas despejar un poco la tormenta en tierras irlandesas, yo jugaré mis cartas para que Dublín sea el destino de alguna escapada romántica. —Le hizo un guiño—. Hay que conseguir que padre e hijo se encuentren cara a cara como sea. ¿Qué te parece?

Esta vez la sonrisa de Shea fue amplia y sincera.

—Que eres una persona fantástica, Andy. Estoy segura de que a mi padre le encantaría conocerte.

Era cerca de la una de la madrugada cuando Andy llegó a casa aquella noche. Para entonces Dylan la había llamado seis veces y ella a él otras tantas. Todas habían sido conversaciones breves, cargadas de interrupciones. Sa Badia, que todo el año tenía las salas completas, se convertía en una locura los días previos a Navidad y Año nuevo. El habitual público educado que hablaba en voz baja y venía a disfrutar de la comida y el buen ambiente, trasmutaba en ruidoso y jaranero en época festiva, complicando el desarrollo normal del servicio.

Pero ya estaba en casa, todos dormían y Dylan estaba localizable. ¡Al fin! Se dejó caer sobre la cama vestida con el uniforme ya que ni siquiera se había molestado en cambiarse, desesperada por salir corriendo de aquel lugar de locos. Seleccionó la memoria del irlandés en su flamante móvil y esperó ansiosa a que él atendiera, cosa que sucedió dos timbrazos más tarde.

—*Hola, preciosa…*

Aquella voz indefectiblemente se las arreglaba para hacerle cosquillas en el oído. Andy exhaló un suspiro y un instante después oyó su risa cómplice. El suspiro, estaba claro, había sido toda una declaración de intenciones.

—¿De verdad no estás en Marte, Dylan? Qué frustración, por Dios. Tantas horas sin saber de ti… El día se me ha hecho interminable.

Él también estaba en la cama, solo que en su caso, desnudo. Había llegado después de las diez sin haber parado un momento en todo el día y molido como estaba, se había dado un baño y se había puesto a cocinar. Como siempre, ponerse el delantal de cocinero había conseguido diluir la tensión y parte del cansancio. Sin embargo, todas las cosas tenían su lado menos bueno y con la tranquilidad, su acuciante necesidad de Andy había resurgido con renovados bríos. De ahí, las seis llamadas. Ahora llevaba un buen rato acostado, quedándose dormido a ratos de puro cansancio y desesperando porque su chica acabara la jornada laboral y pudieran conversar un rato.

—Lo siento, nena. En teoría, es cuestión de días, hasta que acaben de instalar la torre de telefonía que dará servicio a la zona, pero sí, es un coñazo estar incomunicado tantas horas. —Había preferido no usar la palabra *frustrante* por no sumar desazón a la que ya había por parte de los dos. Además, ahora que la tenía al teléfono por fin se le ocurrían mejores maneras de dedicar el tiempo. Algunas incluso, de tres rombos, así que se puso al tema sin dilación—. *Con las ganas que tenía de saber si te gustaron los bombones…*

La sonrisa de Andy se agrandó tanto que amenazó con tragársela entera.

—¿En serio? Vamos a ver, soy una chica, así que las…

—*Lo sé* —murmuró él, interrumpiéndola.

Ambos rieron.

—Iba a decir que las probabilidades de que a una chica no le gusten unos bombones son realmente muy bajas, ¿sabes, calvorotas? Bueno, chicas y no tan chicas, porque te adelanto que mis tías se han puesto las botas con tus bombones. —La risa de Andy entró directamente en el corazón del irlandés—. Hasta tu hermana se apuntó… Además, viniendo de ti… Da igual lo que sea, siempre me hace ilusión… Yo creo que lo que quieres saber es otra cosa. Y la respuesta es sí, me encantó. Llevo todo el día colgada de una nube muy alta, muy alta… Gracias, Dylan. Eres el mejor.

El silencio fue prolongado. Andy oía su respiración, pero durante unos instantes, nada más.

—¿Sigues ahí?

Sí, seguía allí. Deseando intensamente materializarse junto a ella aunque solo fuera un segundo y lamentando no poder hacerlo. Seguía allí, plantándole cara a unas emociones que jamás había sentido, volviéndose cada vez más consciente de que lo que sentía por Andy era tan profundo y tan intenso que rozaba la locura.

—*Sí, nena… Es que eso que has dicho ha sonado muy bien, ¿sabes? Me pregunto si había algún alféizar en tu nube* —sonrió anticipando su siguiente frase—. *En la mía hay uno idéntico al de tu piso de Londres, ¿te acuerdas?*

Andy rió bajito.

—Así que admites que tú también te has pasado el día colgado de una nube… Qué interesante.

Él también rió.

—*Me has pillado.*

—Qué va. ¿Crees que no sé que fue premeditado? Pero tiene su punto oírtelo decir. En todo caso, seguro que es la primera vez que tiras de ese recurso para enamorar a una chica. No hablemos ya de echar mano del recurso de los bombones… Apuesto la cabeza y no la pierdo a que es la primera vez en tu vida que lo haces.

Ambos rieron, pero dado que Dylan no confirmó ni negó los hechos, Andy continuó:

—Yo también tenía un plan en mente, pero… —exhaló un suspiro. Siempre había un "pero" en su vida y ya que no había podido llevarlo a efecto, lo cual resultaba bastante frustrante, al menos podía disfrutar de la ilusión de compartirlo con él—. ¿Sabes qué se le ocurrió a la loca de tu novia?

—*Me muero por saberlo* —murmuró él. Y no era galantería en absoluto, sino locura de amor, la que volvió a adueñarse de él en un instante en cuanto supo que Andy también había planeado sorprenderlo.

—Pasar la noche contigo, en Niza. Aparecer por sorpresa, llevarte a cenar a un restaurante bonito, pasear… Celebrar nuestro primer mes, juntos. ¿Te imaginas ir a abrir la puerta y encontrarte conmigo al otro lado? —apuntó riendo, pero enseguida la risa trasmutó en emoción—. Te habría comido a besos allí mismo…

—*Y yo a ti, y yo a ti… Aisss, nena…*

Los dos permanecieron en silencio. La distancia les pesaba. Cada día más. Dylan no necesitaba preguntarle qué había dado al traste con un plan tan fabuloso y, desde luego, no pensaba malgastar ese rato que pasaban juntos en la distancia hablando de ello.

—*Me habría encantado tenerte aquí en carne y hueso y me encanta que seas tan creativa a la hora de pensar en sorprenderme, pero, ¿sabes? Hay otras formas de estar.*

Andy se estremeció entera. ¿Estaba hablando de lo que ella pensaba que estaba hablando?

—¿Ah, sí?

—*Sí. Un portátil, una conexión a internet, una cámara... Et voilà...*

Andy tragó saliva. Temblaba como una hoja y por una vez, agradeció que él no pudiera verla porque...

"¿Por qué?", pensó. La intensidad de Dylan la turbaba. Había sido así desde el minuto cero, pero ya no era una niña. Podía darse el permiso de tener sus propias ideas sobre lo que estaba bien y lo que estaba mal. Sobre lo que necesitaba y la forma que escogía para satisfacerlo. Él la turbaba porque una parte de ella se reconocía a sí misma en esa intensidad. Porque desde el principio habían conectado a ese nivel.

Dylan no necesitaba verla para saber lo que sentía. Porque él sentía lo mismo multiplicado por mil. Se obligó a permanecer en silencio, a esperar que la idea permeara en las neuronas de su chica, dispuesto a capear las resistencias que se presentaran con sutileza y paciencia. Tal como había hecho desde el principio con ella. Tal como seguiría haciendo siempre sencillamente porque la amaba.

El murmullo de su voz lo arrasó como si de un huracán se tratara cuando Andy, al fin, dijo:

—No tengo portátil... El ordenador es viejo y lo usa Danny para estudiar. —No acabó de decirlo que ya se había arrepentido. Si había algo que al irlandés no le hacía falta era que lo estimularan a ser creativo.

La respuesta de Dylan le llegó envuelta en un suspiro, confirmándole sus peores temores.

—*Habrá que resolver eso, ¿no?*

Andy no respondió. Un cincuenta por ciento de ella deseaba locamente lanzarse de cabeza, era cierto. Aceptar su propia turbación como una respuesta natural y seguir adelante a pesar de ella. La otra mitad, sin embargo, quería otras cosas del poquísimo tiempo que compartían. La palabra clave aquí era "tiempo". Andy ya sabía lo bien que conectaban a nivel físico y la facilidad con que los dos se dejaban llevar. Ahora, quería conocer al ser humano del que se había enamorado, descubrirlo, y que él tuviera la ocasión de hacer otro tanto con ella. Un portátil conectado a una cámara fomentaría solo una clase de comunicación entre los dos. Era la pura verdad. La cuestión era que no se le ocurría la forma de decirlo sin romper la intensidad del momento.

Tocaba hacer rebaje de emergencia o se saldría de la carretera, pensó Dylan. Fuera de cuerpo presente o en la distancia, los silencios de Andy siempre le habían parecido tremendamente elocuentes.

—*¿Y dices que mi hermana se apuntó a los bombones? No me comentó nada cuando me llamó hace un rato...*

El suspiro de alivio de Andy casi tomó forma en tres dimensiones. Dylan tuvo que esforzarse para que una risa no lo delatara.

—¿Has hablado con ella? ¡Qué bien! Estaba bastante molesta por no poder comunicarse contigo. —Sonrió—. Me dijo que te dejó una carta en tu casa...

—*Ya. También me lo dijo. Años sin cruzar palabra conmigo y ahora me escribe cartas...*

—Según ella, los Mitchell os expresáis mejor por escrito.

—*Según yo, el movimiento se demuestra andando.*

—Bueno, Shea ha movido su esbelta figura hasta Menorca. Por algo se empieza, ¿no?

Lo oyó suspirar y permaneció en silencio.

—*No lo tengo claro, Andy. Sus intenciones* —aclaró—. *Odian que sea cerebral y mi practicidad siempre les ha hecho rechinar los dientes. A Shea, la primera. ¿Y ahora viene con el cuento de que me necesita para aclararse? Ya le ha pedido el divorcio a su marido y el proyecto de abrir oficina en Londres está desarrollado de cabo a rabo por los asesores. ¿Aclararse con qué?*

—Estoy contigo. No me pareció la clase de mujer que necesita ayuda para eso. Así que quizás fue su forma de decir que desea recuperar a su hermano, ¿no lo has pensado? Está claro que quería volver a verte, si no se habría limitado a llamar —esbozó una sonrisa tierna—. O a enviar una postal.

—*A buenas horas se acuerda de que tiene un hermano…*

Andy se puso más cómoda en la cama. Estaba disfrutando de aquel rato juntos. Muchísimo. Le encantaba el hombre seductor, pero este otro que le hablaba de sus dudas, que revelaba en pequeñas dosis y con su brevedad habitual quién era y cómo pensaba… A este hombre se pasaría horas escuchándolo.

—Igual en la carta te lo dice… Si quieres, mañana la recojo y te la leo… —La voz de Andy rezumaba picardía porque su generosidad era bastante interesada; se moría de curiosidad por saber qué le decía Shea a su hermano.

—*No vas a poder aguantarte hasta que yo llegue, ¿a que no?*

Andy soltó una carcajada que hizo reír a Dylan.

—Qué dices. Eso de que todas las mujeres somos curiosas es un mito, calvorotas —se defendió a sabiendas de que no convencía a nadie.

Más risas.

—*Vale, te dejaré que me la leas* —dijo. Esperó que los grititos de alegría de su chica cesaran para añadir lo que verdaderamente le interesaba—: *De paso, podrías traer también mi portátil de casa. Está en la caja que pone "equipos".*

El rostro de Andy se volvió totalmente serio de repente y durante un instante reinó el silencio.

Y cuando el instante empezaba a resultarle demasiado largo y Dylan se disponía a hacer otro rebaje de emergencia...

—Vale. Traigo la carta y tu portátil, pero Dylan, te lo voy a dejar claro desde el principio: no voy a quitarme la ropa y tú tampoco.

Él echó mano del paquete de tabaco y encendió un cigarrillo. Exhaló el humo con un suspiro largo, tomó el cenicero de la mesilla de noche y lo apoyó sobre su estómago. Acto seguido, se puso cómodo estirándose cuan largo era, con un brazo debajo de la cabeza. Disfrutando del momento, de ella, de lo clara que tenía las cosas a pesar de su gran juventud. De la increíble mujer que le parecía. Cada día más.

—*No te prometo que no intente hacerte cambiar de idea* —admitió.

La sonrisa regresó al rostro femenino.

—¿Crees que no lo sé?

La sonrisa masculina se ensanchó.

—*Aclarado, entonces.* —Tras una breve pausa, añadió riendo —: *¿En serio tendré que estar vestido? Me llamas exhibicionista por algo, princesa... Ahora mismo, por ejemplo, lo único que me cubre es un cenicero... Espera, si quieres me hago una foto y te la mando, ahora que tienes un móvil decente... ¿Quieres?*

Su risa insinuante le acariciaba el corazón tanto como estimulaba ideas muy locas en su mente. Menudo peligro de hombre. Menudo peligro, los dos. Andy se llevó una mano a la cara de pura desesperación.

—Dyyyyylaaaaaaaaaaaaan... —se lamentó. Casi al punto del llanto por tomar conciencia de lo lejos que estaban y de las ganas de tenerlo allí mismo, junto a ella. Tan desnudo como decía estar.

—*Era broma* —lo oyó decir—. *Bueno, más o menos...*

Y volvió a reírse a mandíbula batiente.

—*Perdona. Es que no puedo evitarlo...*

Andy meneó la cabeza y dijo exactamente lo que pensaba:

—Me gusta cómo eres —concedió—. Muchísimo.

Miércoles 23 de diciembre de 2009.
Rowley Customs.
Londres.

Se acercaba la hora de cerrar y todavía seguían con el nuevo prototipo a medio montar. Todo lo que podía ir mal había ido fatal, sin añadir que como todos los años por estas fechas, parte de la plantilla tomaba vacaciones o, como buenos aficionados a las motos, aprovechaba los días festivos para ir a hacer kilómetros. El trabajo, sin embargo, no parecía tomarse vacaciones en el taller de customizados de Brian "Evel" Rowley. Al contrario, cada vez tenían más encargos. El primer vehículo íntegramente diseñado por Evel y sus ingenieros había funcionado muy bien; se lo habían quitado de las manos. Asistir a la reunión anual de coleccionistas organizada por Brandon Baxter, más conocido en el mundillo de los tatuadores como BBCox, había salido mucho mejor de lo esperado. Abby y Evel habían pasado un fin de semana en un lugar de ensueño y entre coctel y actuación en vivo habían vuelto a casa con el prototipo vendido y tres nuevos pedidos.

Iban agobiados de trabajo y empezaban a retrasarse con los encargos, eso le decían los informes de estado a AJ Turner, jefe de taller de Rowley Customs, pero a juzgar por la sonrisa *Colgate* que desde temprano por la mañana decoraba la cara de su jefe, léase el dueño del cotarro, estaba claro que debían leer informes diferentes. O quizás, con tanta llamada amorosa a su media naranja, no le hubiera dado tiempo a leerlos.

Hablando de llamadas, pensó cuando el móvil de Evel, que estaba sobre la mesa de herramientas, empezó a sonar por milésima vez aquel día.

—¿Me lo pasas, AJ?

—Ni hablar. Activaré el altavoz y así tus manos siguen trabajando, que es veintitrés de diciembre, son las cinco de la tarde y, no te ofendas, pero todos queremos irnos a casa y no volver a verte el pelo hasta dentro de tres días —y una vez cumplida su amenaza, añadió—: Guapísima, como me lo sigas distrayendo tanto tendré que tomar cartas en el asunto. ¿Está claro?

La risa de Abby resonó en la "pista central" del taller.

—*Tienes toda la razón, AJ, pero te prometo que esta vez es una llamada cortita. ¿Está mi chico por ahí?*

—Te tomo la palabra, a ver cuánto marca el cronómetro esta vez —repuso AJ echando una mirada con segundas a Evel.

—Aquí estoy, linda, castigado por mi propio jefe de taller, ¿te lo puedes creer? Dime, ¿qué puedo hacer por ti?

En aquel momento, Maddox tuvo la necesidad imperiosa de inspeccionar el motor de cerca. Evel echó un vistazo rápido a los hombres que lo acompañaban. Todos hacían que seguían en lo suyo, pero había un punto de comicidad en sus expresiones que le confirmó que el chistoso del grupo había dicho algo antes de enterrar la cabeza debajo del capó.

Abby, consciente del interés que despertaba su conversación con Evel aunque no estuviera allí para verlo, continuó:

—*Hola, motero… Bueno, hay varias cosas que puedes hacer por mí, pero eso lo dejo para esta noche.* —La sonrisa de Evel dio tres vueltas completas alrededor de la cabeza—. *El plan de esta tarde es una invitación, ¿qué te parece hasta aquí?*

—Muy estimulante, pero la demostración la dejaré…, ya sabes, para esta noche —repuso el nuevo Evel. Su antigua reserva en cuestiones privadas se había relajado bastante desde que cambiara de estado civil.

Desde debajo del capó se oyó un silbido de admiración al que sucedió una carcajada de Conor. De un vistazo rápido, Evel pudo constatar que AJ acababa de cubrirse el rostro con una mano y que Niilo forcejeaba con sus músculos faciales, seguramente para no partirse de risa en la cara de su jefe como estaban haciendo Maddox y Conor.

Al nuevo Evel le daba completamente igual, de modo que su atención pronto abandonó a la panda de chistosos y regresó a su esposa.

—*Vale, entonces sigo* —dijo ella—. *He quedado con Amy en La Vinatería y luego nos vamos a cenar. Espero que no vuelva a cancelarlo porque la mato… Ella dice que esta vez va la vencida, pero no sé si fiarme porque últimamente no para quieta en ningún lado… En fin, que sé que estás muy liado para apuntarte a la cena, pero quizás podrías apuntarte al café, ¿no, motero?*

Sin pensárselo dos veces. Por primera vez en su vida, a Evel le daba igual el retraso, el exceso de trabajo, todo. Pero desde que Abby y él se habían casado y Amy había cambiado la moda por los tatuajes como medio de vida, las amigas apenas se veían. Sabía que era algo que su mujer echaba en falta y le vendría bien una noche de chicas con su mejor amiga. Y ahora que caía en la cuenta, quizás fueran dos los que se apuntaran al café. Niilo ya no sonreía. Su expresión había cambiado; de intentar no carcajearse de su propio jefe, a no perderse palabra de lo que Abby decía.

—¿Amy está de vuelta en Londres? —dijo Evel, *ex profeso*.

Su mujer lo entendió a la primera. Habían estado hablando del asunto hacía unos días. Sin sacar nada en claro, ya que ninguna de las partes implicadas soltaba prenda al respecto. Y ahora Niilo estaba en el taller, escuchando la conversación.

—*¡Sí, ni yo me lo puedo creer, pero está aquí! Solamente hoy porque se va a pasar la Navidad con sus padres, hablando de increíbles, y el fin de semana BBCox tiene un festival en no sé dónde… ¡Así que hay que aprovechar antes de que la golondrina levante el* *vuelo otra vez! Bueno, AJ me está cronometrando así que con todo el dolor de mi corazón tendré que cortar. ¿Qué dices, motero? ¿Crees que mi amorcito podrá apuntarse al café?*

—Tu amorcito, por ti, se apunta a un bombardeo, linda.

—*Eres mi héroe, Brian...* —Las burlas arrecieron en Rowley Customs—. *Y a los que oigo por ahí jiji jaja, menos risa y más aprender. Que no solo de motores vive el hombre.*

—Eh, que yo tengo novia —terció Conor.

—Tú lo que tienes es la soga al cuello, tío —soltó Maddox, y empezó a desternillarse de su propio comentario.

Corrían rumores de que pronto engrosaría la lista de moteros casados, algo que él negaba por activa y por pasiva. Pero los rumores procedían de fuentes muy fiables y además, Nikki tenía fama de ser de las que siempre acababan saliéndose con la suya.

—Envidia pura y dura, chaval —se burló el motero de las rastas.

—¿Envidiarte a ti? ¡Tú estás atontado, tío!

—¿Queréis dejar la riña de gallos para otro momento? Esto tiene que quedar montado hoy y nadie se va a ir hasta que suceda —intervino AJ. No sonreía y sus enormes bigotes blancos empezaban a lucir amenazadores.

Tenía razón, pensó Evel. Si no acababan, le tocaría trabajar en Navidad y era lo último que le apetecía.

—¿Me llamas cuando estéis acabando de cenar, linda?

—*Claro que te llamo, motero. Hasta otro ratito. ¡Adiós a todos!*

De haber estado atento a la interacción de sus colegas, Niilo habría concluido que, en efecto, Conor tenía la soga al cuelo y que Maddox sentía cierta pelusilla por él, aunque lo negara. Era normal. ¿Quién no lo envidiaba? Tenía pasta, una presencia que la mayoría de las mujeres encontraba llamativa, conducía una Harley último modelo y su cazadora lucía el emblema del club de moteros que presidía, algo que la mayoría de las mujeres también encontraba llamativo. Que el tipo fuera un inmaduro y, muchas veces, un auténtico imbécil era otra cuestión que no venía a cuento. Para ligar no contaba en absoluto. Y el cabrón ligaba lo que no estaba escrito.

Pero desde que Niilo había escuchado la palabra "Amy", un solo pensamiento ocupaba su mente:

Así que estás en Londres…

Amy y Abby congeniaban desde niñas y volver a estar juntas siempre era una experiencia grata. De la última vez que habían estado frente a frente, en la boda de Tess, había pasado más de un mes y aunque procuraban mantenerse al corriente vía móvil, las dos tenían la sensación de que hacía siglos que no sabían la una de la otra. Y esta vez, las noticias eran buenas de verdad, ya que Abby acababa de anunciarle que volvería a casarse; habría una boda de verdad con convite y lista kilométrica de invitados. El abrazo que se dieron las amigas fue intenso y afectuoso, de los que duran varios segundos.

—¡Recuérdame que le dé otro a tu motero porque se lo ha ganado y bien ganado! —celebró Amy cuando volvieron a sentarse tras su momento emotivo—. Está claro que mueve muy bien sus cartas si solo le ha llevado cuatro meses convencerte de que le vuelvas a dar el "sí, quiero".

Abby esbozó una sonrisa de mujer enamorada.

—Brian lo mueve todo muy bien —bromeó, haciendo que su amiga meneara la cabeza asombrada por lo mucho que la vida de casada parecía haber cambiado a su querida amiga—. La verdad es que tiene razón. Quiero una boda como Dios manda y él también. ¿Por qué dejar que las tonterías de mi madre lo estropeen? Ella no va a cambiar, siempre se las arreglará para tener algo que decir, para meter baza. Pero yo sí que he cambiado; soy feliz y lo que opine el mundo me trae sin cuidado. Tendremos la boda que los dos soñamos, nos ocuparemos de hacer que sea inolvidable y al que no le guste, que se aguante. Y tú, monina —Amy sonrió cuando la llamó por el mismo apodo que ella usaba para referirse a Abby—, ejercerás de madrina, así que ve haciendo sitio en tu agenda.

—¡¿Quieres que sea tu madrina otra vez?! —A Amy solo le faltó ponerse a dar saltos de alegría.

—Técnicamente fuiste testigo, no madrina, pero sí; estás convocada otra vez.

—¿Y Tess?

—A Tess le parece perfecto, no te preocupes. Mira, Brian y yo pensamos que en esto los compromisos familiares no deben contar. La familia está ahí, son los tuyos, tu sangre, pero por mejor que sea la relación que tienes con ellos, la realidad es que no los eliges. A los amigos, sí. Tú siempre has estado a mi lado. A las duras y a las maduras. Quiero que seas la madrina de la boda de mis sueños y además, nadie se lo merece más que tú, Amy.

La joven apretó las manos de Abby cariñosamente y escondió su creciente emoción tras una pulla.

—Ya, ya, tú dórame la píldora… Ser tu madrina no es ninguna ganga, ¿te enteras? ¡Vas a estar histérica y cuando te estresas no hay quien te aguante!

Abby asintió riendo. Ya estaba histérica y todavía faltaban seis meses.

—Bueno, tú piensa que será en Menorca, un sitio bucólico donde los haya, que será el verano español, verano de verdad, y que tus ojos se darán un festín de tíos buenos en bañador, remojando el bronceado en las azules aguas del Mediterráneo… Que habrá buena comida, buena bebida, buena música… Eso, sin olvidarnos de que cierto motero que tiene un aire a Anakin Skywalker también andará por allí, encandilando señoritas con sus atractivas vistas…

Amy miró a su amiga con cara de resignación. Empezaba a estar hasta el moño de oír hablar de La Guerra de las Galaxias.

—¿Y para cuándo es la boda exactamente? Con la vida que llevo gracias a mi querido jefe, cuanto antes lo sepa mejor, o te quedas sin madrina.

—¿Estás cambiando de tema otra vez?

Amy exhaló un suspiro y dio un buen lingotazo a su copa de vino. Ya habían acabado de cenar y estaban esperando a que les sirvieran el postre…

Y no le apetecía nada hablar de Anakin. Nada de nada.

—¿Ya sabe tu *maridín* dónde estamos? Si no, podríamos tomarnos el café en el Starbucks de King's Cross. Aquí solo sirven el *espresso* de toda la vida y me apetece un *Caramelo Frappuccino*.

Abby ignoró el nuevo intento de su amiga de cambiar de tercio, y fue directa al grano.

—¿Le has dicho que estás en Londres? —Amy negó con la cabeza—. ¿Esperas que lo adivine?

Lo que esperaba, en todo caso, era que él mostrara sus cartas. Niilo le gustaba, pero no tenía claro que el interés fuera recíproco. Los hombres con los que salía, los tipos a los que estaba acostumbrada, no se quedaban esperando llamadas. Insistían, o directamente se presentaban sin avisar. Este, en cambio, iba con pies de plomo. Después de abordarla en la boda de Tess, habían seguido juntos el resto de la noche, conversando, bailando, riendo… Los dos habían bebido bastante, a pesar de lo cual, el Caballero Jedi no había juzgado oportuno intentar acortar las distancias. No había hecho la menor insinuación. Nada. Antes de despedirse habían intercambiado los números de teléfono, eso sí. Pero mes y medio después seguían sin quedar. No habían vuelto a verse.

Niilo lo había intentado, era cierto. La había llamado dos veces, pero las cosas habían cambiado mucho para Amy desde que su jefe regresara de aquel viaje imprevisto a Nueva

Zelanda, a mediados de noviembre. De ser "la chica nueva en la oficina" había pasado a convertirse en la persona que la dirigía. Todo pasaba por su mano ahora, su trabajo era mucho más apasionante y su cuenta bancaria estaba feliz como nunca; a cambio, sus días se habían vuelto totalmente imprevisibles. Para rematarla, a principios de mes, el publicista de BBCox había tenido un accidente de esquí y estaría de baja seis meses como mínimo. Amy apenas tenía tiempo de respirar.

Y además estaba Dylan. Mal que le pesara, tenía que reconocer que él había conseguido despertar más interés en ella que ningún otro hombre hasta entonces y, de alguna manera rara, también había logrado establecer un nivel, una especie de referencia en cuanto a sus expectativas. Expectativas que no sabía que tenía. Lo cual, bien visto, era una gran putada ya que toda mujer inteligente sabía que relacionarse con un hombre y tener expectativas al respecto era lo peor de lo peor.

La cuestión era que Amy se resistía a tener expectativas de ninguna clase, menos aún de la clase sentimental. Así que prefería pasar sus escasos ratos libres con tipos sin apellido ni móvil conocido. Unas risas, unas copas, un revolcón y adiós, muy buenas.

Pero Niilo le gustaba mucho, mucho tirando a demasiado, y su cautela, en cambio, no le gustaba nada.

Y dado que no le apetecía malgastar una noche de chicas con su mejor amiga hablando de sus cosas, acudió al humor para salirse por la tangente.

—Mi cotización ha subido como la espuma, *cari*. Trabajo para el artista del tatuaje más famoso de Europa y uno de los tres más cotizados del mundo, ¿sabes? Si Anakin quiere algo de mí, que mueva el culo hasta aquí y desenfunde su espada láser de una puñetera vez.

Acabáramos, pensó Abby. Sonrió para sus adentros.

—¿Literalmente? —repuso, fingiendo asombro.

Muy pronto las dos amigas empezaron a desternillarse de risa.

—¿Te lo imaginas? ¿A que sería genial? —Una forma original y divertida de que el susodicho dejara claro qué se proponía, aparte de incitarla al alcoholismo con su coctel favorito. La expresión de Amy brilló de ilusión, pero solo fue un instante—: Aunque… me parece que ese no es su estilo. Lo más osado que le he visto hacer fue cantar "Satisfaction" *a capella* con la camarera del MidWay. Me pregunto si fue por efectos del alcohol o por la camarera. Ahora que lo pienso, cada vez que lo vi divertirse estaba con ella…

—¿Y con quién estabas tú cada vez que él te vio divertirte?

Amy se encogió de hombros.

—No tengo la menor idea… Y no sé adónde quieres llegar con esa pregunta, *cari*.

Claro que sabía por dónde iban los tiros, pero seguía evadiéndose. Como si no se conocieran de toda la vida y cada una supiera a la perfección de qué pie cojeaba la otra. Abby exhaló un suspiro de resignación.

—¿Desde cuándo te importa a ti qué estilo de ligar tiene un tipo que te gusta? ¿En qué momento tus citas han empezado a convertirse en un comecocos? Hasta donde recuerdo, tú jamás te has cortado a la hora de demostrar que un hombre te interesa. Y Niilo te interesa.

Amy no dijo nada. Permaneció atenta a su amiga, quien tuvo claro que aquel silencio no era sino una confirmación, y continúo:

—Que ahora te estés cortando, solo significa una cosa. Que te gusta mucho más de lo que esperabas y después del batacazo de Dylan, te lo piensas.

—¿De qué batacazo hablas? —se defendió Amy. Evadiéndose del meollo de la cuestión otra vez—. Venga, no fastidies. El sexo era de película, sí, pero hasta ahí.

Abby dejó pasar el comentario con un explícito gesto de la mano. No tenía sentido rebatir algo que era obvio.

—La cuestión aquí es que yo lo sé y tú lo sabes, aunque lo niegues, pero Niilo no. Estos meses te ha visto pasarlo bien con distintos tíos y ser tú misma. Léase, no cortarte un pelo. Pero resulta que en la boda de mi hermana, él te lleva un Manhattan, os lo pasáis fenomenal el resto de la noche y os despedís como buenos amigos. Admito que mi interés estaba en otra parte —reconoció con picardía—, pero no recuerdo haberos visto en plan sugerente en toda la noche.

No podía recordarlo porque no había sucedido.

—Ni me rozó.

—¿Y tú a él?

Amy torció el gesto y miró a otra parte. No, desde luego, ella tampoco lo había rozado.

Abby palmeó cariñosamente la mano de su amiga.

—No va al MidWay, mantiene su vida privada muy privada, y estoy segura de que no le falta compañía femenina, pero no se pavonea por ahí con sus conquistas como hacen los demás. Así que, atendiendo a lo que he visto de Niilo, su proceder contigo en la boda me cuadra. Que te haya llamado, pero que no sea insistente también me cuadra. Lo que no me cuadra aquí eres tú, Amy, tu actitud.

Nada como una amiga que te conoce del derecho y del revés para decirte a la cara cuatro verdades sobre ti misma que no quieres oír y después de eso, ponerse las botas con la porción de tarta de chocolate que acababan de servirle, como si tal cosa, pensó Amy.

—Pues no le he llamado —repuso—. Y, ¿sabes qué? Si el Caballero Jedi fuera un poquitín más insistente, quizás hoy estaría cenando con él y no contigo. —Dicho lo cual, se dispuso a hincarle el diente a su tiramisú, a ver si con una megadosis de azúcar se le pasaba el mosqueo.

—Bueno, cenar no, pero a un café a lo mejor le da tiempo —dijo Abby con un tono casual que le costó horrores poner.

Amy soltó la cuchara. Miró a su amiga con los ojos como platos.

—¿Qué has hecho?

—¿Yo? Nada.

—Abby…

—Oye, yo no tengo la culpa de que AJ pusiera mi llamada en manos libres —dijo y se dispuso a contemplar el espectáculo: el asombro de su querida amiga pronto trasmutó en ilusión.

—¿Sabe que estoy en Londres?

Abby asintió con una sonrisa cómplice.

—Más que eso; sabe que estás aquí, conmigo. —Abby tomó su copa y tocó ligeramente el borde de la de su amiga—. ¡Chin-chin!

En un nanosegundo, Amy pasó de "modo ilusión " a un ataque de alegría que hizo las delicias de Abby.

—¡Eres la mejor, *cari*! ¡Ay, cómo te adoro! —exclamó, al tiempo que apretujaba a Abby en un abrazo de oso.

Mientras tanto, en Rowley Customs…

Evel ya se había despedido de AJ cuando se dio cuenta de que las luces de la sala de diseño seguían encendidas.

—¿Niilo todavía está aquí? —le preguntó a su jefe de taller que recogía las últimas herramientas, dejándolo todo listo para el próximo día de trabajo.

—Dijo que quería rectificar los planos antes de irse.

El dueño del taller dejó sus cosas sobre el techo del prototipo y se encaminó hacia las escaleras metálicas que conducían a las oficinas de la planta superior. Abrió la puerta de la sala donde su ingeniero de diseño se había puesto cómodo como si no tuviera intenciones de marcharse pronto. Ni siquiera se había cambiado, seguía en ropa de trabajo. Escuchaba música mientras canturreaba y aporreaba el teclado. A su lado, había un café humeante y avituallamiento suficiente para pasar la noche.

Evel ya había avanzado hasta la mesa cuando Niilo levantó la vista de la pantalla. De inmediato, se quitó los auriculares.

—¿Ya te vas? —le dijo a su jefe a modo de recibimiento.

—¿Tú no? Son casi las ocho.

—Tengo para un rato. Es que esto es mejor hacerlo cuando todavía está fresco en la cabeza. Dile a AJ que se vaya tranquilo, que yo me ocupo de cerrar.

Evel consideró la situación un momento. Era un tipo reservado para sus asuntos y Niilo también lo era, pero el "tema Amy" no tenía ningún sentido. Hacía tiempo que se había dado cuenta del creciente interés que su ingeniero de diseño tenía por la mejor amiga de su mujer, algo que al fin quedó confirmado el día de la boda de Dakota y Tess. Sin embargo, que él supiera, no habían vuelto a verse y ahora que tenía servida en bandeja la ocasión de hacerlo, allí estaba él, rectificando los planos del prototipo porque "eso era mejor hacerlo cuando todavía estaba fresco en la cabeza".

—Estoy perdido, tío… ¿Amy te interesa o no?

Niilo permaneció mirándolo sin decir nada durante unos instantes. En realidad, pensaba que el tipo que tenía enfrente se parecía mucho a su jefe. Iba de punta en blanco, a la última moda y oliendo a recién salido de la ducha, como él. Vamos, que lo mirabas y lo último que pensabas era que trabajaba en un taller de coches. Pero aquella pregunta, inconveniente y fuera de lugar, no sonaba nada a Evel.

—Pues fíjate, ahora el que está perdido soy yo —repuso—. Te tenía por un tipo reservado.

—Eres mi ingeniero de diseño y ella es la mejor amiga de Abby. Si querías privacidad, no haber movido ficha en la boda de mi cuñada delante de todo el mundo.

Niilo volvió la vista a la pantalla de ordenador y durante un instante guardó silencio. Eran sus asuntos y no le apetecía hablar de ellos, pero, en efecto, "había movido ficha" delante de todos, el tema había despertado el interés de sus colegas, y ahora tendría que apechugar con las consecuencias.

—Para tu información, quedamos en que ella me llamaría cuando estuviera en Londres y pudiéramos quedar —respondió escuetamente, tras lo cual alzó la vista hasta su jefe—. Y no te acostumbres, porque esto es lo último que me oirás decir sobre el tema.

Evel lo miró con toda la incredulidad que sentía pintada en su cara. ¿Qué más daba en lo que hubieran quedado? En este caso, no tenía la menor importancia.

—Sabes que está cenando con Abby en un restaurante y también sabes que yo voy para allá en un rato. —Una sonrisa taimada apareció en el rostro de Evel cuando dijo—: Son muy, muy amigas y fijo que están hablando de ti. ¿De verdad te lo quieres perder? Venga ya, hombre.

Niilo continuó mirando a su jefe en silencio. Empezaba a molestarle tanta insistencia. Porque, para que constara, no necesitaba que nadie lo animara; se moría de ganas de hacerlo. Quería ver a Amy. Quizás lo más correcto sería decir que se moría de ganas de verla… Pero no así, apuntándose por la cara a una reunión de amigos a la que no había sido invitado.

—Seguro que Amy espera verte aparecer conmigo… —añadió Evel. Su sonrisa taimada, más grande y más taimada que antes.

Y él esperaba una diminuta muestra de interés, pensó Niilo. De la última llamada que, por cierto, al igual que la anterior había partido de él y no de ella, habían transcurrido tres semanas. Hablando de esperar.

El ingeniero de diseño de Rowley Customs bebió un sorbo de su café y volvió a dejar el vaso de cartón sobre el escritorio. Alzó la vista hasta su jefe, el *ex discreto*.

—Es lo que tú harías, ¿no?

Evel asintió enfáticamente. Por supuesto. Era de cajón, aunque a aquel lúcido cerebro que estaba frente a él, por alguna incomprensible razón, la lógica se le resistiera tanto.

—Es lo que harían todos los tíos del planeta, sí. Ya sabes, quien algo quiere…

—Ya —convino Niilo. *Casi* todos los tíos del planeta; él, no—. Oye, tengo que seguir con esto. Nos vemos el sábado, ¿vale?

Para asombro de Evel, cuando Niilo acabó la frase ya estaba tecleando datos otra vez como si tal cosa. Amy le interesaba y mucho. No hacía falta más que ver cómo la seguían sus ojos cada vez que ella aparecía en escena. Quizás para otros pudiera pasar por el típico interés, intenso pero efímero, que la llegada de una mujer atractiva despierta en los hombres presentes en el lugar, pero a él no lo engañaba. Era demasiado interés para unos ojos que rara vez reparaban más de dos segundos en algo, a menos que tuviera un motor de cuatro tiempos. Ahora tenía su número de móvil, el panorama despejado y Amy estaba en Londres. Francamente, no entendía a qué estaba esperando para poner la quinta marcha. Fuera lo fuera, quedaba claro que a él le tocaría echar balones fuera[13] aquella noche. Presentarse solo en el restaurante daría que pensar a las amigas y eso nunca era bueno. Habría preguntas y solo estaría él para responderlas. Maldita la gracia que le hacía.

—Como quieras —se limitó a decir Evel, dando la conversación por terminada.

Niilo continuó tecleando sin hacer el menor comentario.

---

13 Echar o lanzar balones fuera: (coloq.) responder con evasivas, o eludir una situación comprometida.

ENTRE-HISTORIAS 4

Jueves, 31 de diciembre de 2009.
Casa de la familia Avery,
Ciudadela, Menorca.

Muchas cosas habían sucedido durante los diez días que Dylan y Andy habían tenido que conformarse con estar juntos a través de una pantalla de portátil. Para empezar, los Avery habían disfrutado de una Navidad concurrida. Esto había hecho las delicias de Anna y la había llenado de recuerdos de su niñez ya que, al igual que entonces, la casa familiar había sido el punto de reunión. El regreso de Alba Estellés a Menorca tenía a toda la familia alborotada y hasta el abuelo Francesc y su mujer Lucía, que normalmente pasaban dicha festividad con la familia de ella, se habían mostrado encantados de unirse a la fiesta. Dylan había seguido parte de la celebración a través del portátil y en directo, ya que Andy se había negado a dejarlo completamente solo en una noche tan señalada. Como era de esperar fueron blanco de bromas de toda clase, pero a los dos les daba igual; la cuestión era estar juntos.

También había habido espacio para sorpresas de las buenas y de las malas. En la banda negativa estaba la salud de la madre de Andy, que había sufrido un recrudecimiento de los síntomas y durante dos días había tenido que guardar cama. La familia se había llevado un buen susto. Sin embargo, consultados los dos médicos que la atendían -el médico de la familia y el médico chino-, ambos habían restado importancia al problema. Eran sucesos normales en la evolución de la enfermedad que, en el caso de Anna, se estaban presentando con menor frecuencia de lo habitual, lo cual era de agradecer. Solo le habían recetado más descanso, dieta y un analgésico potente en caso de mucho dolor. Al tercer día, Anna ya estaba en pie como siempre, enfadando a Andy con sus descuidos y recibiendo las regañinas de sus hermanas.

En la banda positiva, Tina Murphy reinaba con comodidad. Desde hacía años, la entrenadora de *kick-boxing* acostumbraba a pasar Noche Vieja y Año Nuevo en casa de los Avery. Había continuado haciéndolo cuando Sonia vivía en España y ya no pasaba las fiestas con su familia. Ahora, los Avery estaban en Menorca y Tina en Londres, por lo que pasarlo juntas era mucho más complicado. Andy no había contado con ello. Pero había sucedido; Tina había llegado a Menorca el treinta a última hora de la tarde y se había presentado en su puerta como si tal cosa. Los alaridos alegres de las amigas habían alborotado el vecindario. Andy no tardó en descubrir que la única que no estaba al tanto de los planes de su amiga era ella. Todos los demás sabían hacía tiempo la sorpresa que Tina le había preparado a Andy.

Las amigas se habían pasado buena parte de la noche conversando como cotorras. Hablaban por móvil muy a menudo, pero las dos tenían trabajos exigentes y vidas complicadas. En Londres, se veían como mínimo una vez a la semana. Se reunían en un bar próximo al gimnasio donde trabajaba Tina y entre refresco y café, se mantenían al día de sus respectivos asuntos, se animaban mutuamente y disfrutaban de una conexión que había surgido entre ellas desde el principio y que con el tiempo se había hecho más y más profunda. Esta era la primera vez que se veían desde que Andy vivía en Menorca y las dos estaban tan contentas... De pronto, tomaban conciencia de que estaban juntas, la alegría las invadía y se abrazaban sin venir a cuento. Se habían acostado poco antes del alba, aprovechando que el restaurante no abría al público los fines de año y cuando al fin despertaron, estaban solas en la casa.

Andy todavía estaba en el baño cuando tocaron el timbre. Tina que estaba en la cocina preparándose un batido, se dirigió a la puerta limpiándose las manos en un repasador. Al otro lado, un hombre alto de ojos a juego con el cielo y sin un solo pelo en la cabeza se llevó un dedo a los labios en una indicación de que no delatara su presencia. Tina sonrió. Se había pasado media noche oyendo hablar de él y mirando fotos suyas en la galería del móvil de Andy. No necesitaba preguntar quién era.

—Soy Tina, encantada de conocerte por fin —dijo ella en voz baja y se hizo a un lado para dejarlo pasar.

A Dylan tampoco le hacían falta datos. Andy se la había descrito con pelos y señales. Incluso le había mostrado algunas fotos que se habían hecho en Barcelona, aquel fin de semana en que se suponía que la entrenadora iba a visitar a su querida amiga Sonia al hospital y acabó asistiendo a su funeral. Andy hablaba mucho de ella. Además, tenía el mismo porte fibroso, en forma, de Andy y había salido a abrirle vistiendo mallas de gimnasio y zapatillas de entrenamiento. Señal de que aquel día Andy entrenaría acompañada.

—Lo mismo te digo. Andy no sabía nada de que vinieras a pasar el fin de año, estaba eufórica cuando hablamos...

Ella asintió risueña.

—Parece que a los dos nos gusta sorprenderla —concedió con complicidad—. Según Andy llegabas esta noche. Deja las cosas ahí y ven...

Dylan soltó todos los bártulos que portaba junto a la puerta que comunicaba el pasillo de entrada con el patio favorito de Anna y siguió a Tina hasta la cocina. Notó que la casa estaba en silencio.

—¿Está todo bien?

La preocupación fue evidente para Tina, aunque él hubiera relajado el gesto a último momento.

—Sí, sí… Andy está en la ducha y la familia anda por ahí. Según la notita han ido a saludar amigos —señaló el pósit amarillo adherido a la puerta de la nevera—. O sea, están de brindis en brindis a cuenta del año nuevo… ¿Puedo ofrecerte un café mientras esperas a tu princesa? —Sonrió—. No te recomiendo que vayas a sorprenderla al baño porque Roser no está de brindis en brindis. Llegará en cualquier momento…

Dylan tenía tantas ganas de ver a Andy que se habría metido en la ducha con ella vestido como estaba. Necesitaba tenerla cerca, abrazarla, escuchar su voz… Habían sido diez días de no parar y a pesar del trabajo y de las jornadas maratonianas de veinte horas, lo peor con mucho había sido soportar su ausencia. Y ese era el problema, que no la soportaba. Cada día le resultaba más difícil no mandarlo todo a paseo y regresar a Menorca para no volver a marcharse. Sin embargo, la amiga de Andy tenía razón, ya que lo más probable era que en cuanto resolviera la acuciante necesidad de ver a su chica, quisiera resolver *la otra* acuciante necesidad. Roser ya lo odiaba bastante sin sorprenderlo en la ducha fornicando con su sobrina.

—Qué pena —respondió—. Gracias, nada. Llevo diez días despierto a base de café y creo que ya he cubierto mi cuota.

—Sí, Andy me estuvo contando que tus jornadas eran eternas… Bueno, ahora estás aquí. No sé si conseguirás dormir mucho, esta gente es cosa seria a la hora de divertirse, pero seguro que lo pasas en grande… Lo pasamos —se corrigió—. Yo pienso apuntarme a todos los bombardeos. Ha sido un año muy duro para los que queremos a esta familia y hemos sobrevivido. Así que ahora toca celebrarlo a tope.

En aquel momento, sonó el móvil de Dylan indicando que había recibido un mensaje. Él metió la mano en el bolsillo de la cazadora que había colgado en el respaldo de su silla. Tina vio cómo se le transformaba el rostro al activar la pantalla y no necesitó que nadie le dijera de quién era el mensaje.

"¡Hoy me he levantado pensando que me quedan seis horas para verte y voy como una moto, te lo juro! ¡Qué ganas, Dylan!"

El mensaje finalizaba con un emoticón que se repetía tres veces. Unos labios gruesos, rojo pasión, ligeramente separados, como si anticiparan un beso ardiente.

Los dedos de Dylan se movieron rápidamente sobre el teclado:

"Solo 3 besos????!!! Adónde vas tú con 3 besos!!! Quiero 3 docenas como mínimo!".

En su caso, el emoticono del final fue un diablo enfadado.

La carcajada de Andy se escuchó desde la cocina y a continuación:

—*Jajaja Qué tipo más genial… ¿Sabes lo que me dice?*

Tina le hizo un guiño a Dylan.

—¿Quién?

—*¿Y quién va a ser, Tina? Dylan.* —La risueña voz de Andy se oía más fuerte a medida que se acercaba a la cocina—. *Le mandé tres besos, ya sabes, el emoticón de los labios pulposos y me respondió en el acto que nada de tres besos, que como mínimo tres docenas ¡y me pone el emoticón del diablo cabreado! Jajajaja ¡Se lo tomó literal! Como si yo tuviera algún problema en comérmelo a besos cada vez que lo veo… jajaja Me encanta este hombre…*

Andy dejó de hablar en cuanto puso un pie en la cocina y vio a Dylan sentado a la mesa. Él se incorporó sin dejar de sonreír y la inmovilidad de la muchacha duró apenas unos segundos.

—¡Ay, Dios, pero si ya estás aquíííí....! ¡¡¡Ayyyyyyyy, me encantan tus sorpresas y te adoro, Dylan!!!

Los dos se fundieron en un abrazo, que Tina presenció con una sonrisa tierna, y durante un instante ninguno dijo nada. Pero la alegría de Andy volvió a desbordarla, y como solía suceder, era Dylan quien se desbordaba cuando su chica empezaba a repartir alegría por doquier.

—No puedo creer que estés aquí, no puedo, no puedo, no puedo... Te juro que cuando haces estas cosas... —Andy hablaba en un murmullo mezcla de gratitud y de alegría. Dylan permanecía con los ojos cerrados, pero aquella sonrisa de hombre realizado y la forma en que mantenía a Andy pegada a él, le decían a Tina todo cuanto necesitaba saber—. ¡Aisssss, qué alegría! Dios, se me va a salir el corazón del pecho... ¿Oyes cómo late? ¡No se puede ser más feliz, calvorotas! ¡Gracias, gracias, gracias!

—Un placer. —La voz de Dylan sonó inusualmente dulce, pero Andy continuó cautiva de sus ojos. Aquellos increíbles ojos del color de cielo que, como siempre, le estaban comunicando mucho más que las únicas dos palabras que había pronunciado.

En efecto, no era un hombre dado a expresarse con demasiadas palabras. Tal y como él mismo se definía, era un hombre de acción.

Y la acción fue lo que ocupó los siguientes minutos, cuando él buscó los besos de Andy y ella se los dio con avidez. Apasionadamente.

Tina tomó su vaso lleno hasta el borde de batido energético y abandonó la cocina con una sonrisa.

Andy le había hablado de la practicidad del irlandés muchas veces. De que era de los que hablaban poco y hacían más. Lo cual, dicho fuera de paso, era algo que había dejado suficientemente claro trasladándose a Menorca solo "por una posibilidad entre un millón" de que su amiga estuviera enamorada de él. A Tina, sin embargo, Dylan le parecía un tipo de lo más elocuente.

Dylan pestañeó dos veces antes de conseguir centrar la mirada. Se incorporó sobre sus codos y fue entonces cuando tomó conciencia de que estaba echado, parcialmente cubierto por una manta. ¿Dónde coño estaba?

Una voz femenina que venía de la izquierda se ocupó de informárselo.

—Bienvenido, Dylan. Qué siesta más buena te has echado, ¿eh? ¿Entiendes ahora por qué es mi sofá favorito?

¿Me he quedado frito en el salón de casa de Andy? Joder, ya te vale, tío…

Después de los besos en la cocina habían cambiado de localización y se habían unido a Tina que estaba en el salón, acabando su batido. Casi enseguida, había llegado Roser y diez minutos más tarde, los que estaban saludando amigos. Lo último que recordaba era estar en aquel sofá, con Andy a su lado, escuchando a Neus contando anécdotas de la Navidad. Ahora, su chica brillaba por su ausencia y excepto por Anna que ocupaba el sillón contiguo con un libro sobre el regazo y el móvil en la mano donde tecleaba algo, el salón estaba desierto. No podía creer que se hubiera quedado dormido sin más.

Dylan se sentó al tiempo que giraba la cabeza para mirar a Anna con una especie de sonrisa.

—No solo me quedo sopa[14] en casa ajena, encima te dejo sin tu sofá. Qué fuerte. Perdona, Anna. No he dormido mucho estos días.

—¡Pero qué dices! Como te levantes me voy a enfadar… —le advirtió al ver que se disponía a dejar libre el sofá—. Lo digo en serio.

Dylan alzó las manos en un gesto de rendición y se quedó donde estaba. La sonrisa retornó al rostro de Anna, que acabó de teclear en el móvil y lo dejó a un lado.

—Así me gusta. Y ahora, aclaremos un par de cosas… Primero, no tienes que disculparte por nada. Estás agotado, te has dormido y me parece perfecto. Y segundo, no es casa ajena, es tu casa, Dylan. Sé que… —Anna hizo una pausa y reformuló la frase—. Andy nos dice que te dejemos en paz, que eres alguien independiente, acostumbrado a ir a su aire, que no te agobiemos con nuestras cosas… —Otra pausa—. Cuando te quedaste dormido, convencí a Andy de que se fuera con Tina a entrenar, que yo le avisaría en cuanto abrieras un ojo, cosa que acabo de hacer. Y los demás tampoco tardarán en llegar… No vamos a estar solos mucho más, así que te lo voy a decir, ¿de acuerdo?

¿Le iba a decir qué? Dylan sintió una punzada en la boca del estómago. Al fin, asintió.

—Hace años que no veía a mi hija tan feliz, tan radiante… Eso es mucho tiempo para alguien tan joven como Andy. Y la razón eres tú, Dylan. Sé que la adoras, no hace falta que nadie me lo diga. Lo dejaste bien claro desde el primer momento que pusiste un pie en esta isla preciosa, aunque haya necios prejuiciosos que no quieran verlo. Eso da igual. Yo lo sé y me basta. Y los dos sabemos que si las cosas han sido duras para Andy en el pasado, el futuro pinta igual de duro o más.

Resultaba extrañamente inspirador el aplomo con el que aquella mujer hablaba de su propia muerte. Estaba claro de

---

14 Quedarse sopa: (coloq.) quedarse dormido.

quién había heredado Andy el suyo. Dylan permaneció mirándola atentamente.

—Me hace feliz y me alivia saber que estás en la vida de mi hija. No sabes cuánto. Pero también me hace feliz que estés en la mía y en la de Danny. Me gusta verte por aquí, me gusta estar leyendo en mi sofá favorito y que me lleguen tu voz y la de Andy, hablando en la cocina o en el patio. Me gusta verte sentado a mi mesa y sentir que somos cuatro otra vez… Si prefieres estar solo por ti, porque es lo que quieres y te gusta, me parece bien, pero que no sea por no molestar. Que no sea por nosotros, ¿vale? Ven siempre que quieras y quédate el tiempo que quieras… Hay habitaciones de sobra. Me encantaría que sintieras que esta es tu casa.

Qué ironía del destino que quien le había dado la vida llevara años sin molestarse en llamar para ver cómo estaba y que fuera aquella mujer, a quien había visto por primera vez no hacía ni dos meses, la que consiguiera desenterrar la palabra *hogar* de los recuerdos de su niñez.

Sería el cansancio, probablemente, pero aquellas palabras se las habían arreglado para darle un buen masaje a su corazón.

El irlandés asintió varias veces con la cabeza, agradecido. Anna sonrió.

—De nada, Dylan.

Tal como Anna había anticipado, muy pronto su casa volvió a estar concurrida. La primera en entrar en el salón fue Andy. Con su rostro arrebolado y la punta de la nariz roja por el frío, corrió al encuentro de su príncipe azul sin siquiera quitarse el abrigo. Se sentó junto a él y le rodeó los hombros en un abrazo que tuvo más de afectuoso que de apasionado. Estar junto a ella era un descubrimiento constante y Dylan acababa de hacer uno; sus formas afectivas, las que Andy lucía cuando no estaban a solas, también le gustaban muchísimo.

—¿Qué tal esa siesta, calvorotas?

Él se acercó a besar los labios de su chica. El beso fue breve, pero húmedo. Era como si su lengua fuera incapaz de quedarse quieta cuando tenía aquella boca apetitosa a tiro.

—Solitaria. —Se miraron con picardía—. ¿Y tu entrenamiento?

—Agotador como siempre que entreno con Tina. Es una máquina.

—Perdona, bonita. No soy ninguna máquina. Tú eres una blandengue, que es distinto —intervino la aludida, que entraba en aquel momento.

Traía a una niña de la mano, la hija de Pau. Era alta para su edad, de cabello rizado color castaño oscuro y cejas frondosas, todos ellos rasgos característicos de los Estellés.

—Yo seré todo lo blandengue que quieras, pero que tú eres una máquina te lo doy firmado —dijo Andy, guiñándole el ojo a su amiga—. Pero que conste que te quiero igual, ¿eh?

—Ah, bueno, gracias… Entonces, ya me quedo más tranquila. Y que sepas que mañana haremos entrenamiento doble, así…

—¿Son de pegatina? —interrumpió la niña, que había soltado la mano de la entrenadora de *kick-boxing*, y ahora estaba frente a Dylan. Uno de sus dedos tocaba la cola de la serpiente tatuada en el antebrazo masculino. Estaba expuesto porque, como era habitual en él, tenía las mangas de su camiseta negra de diseño arremangadas hasta el codo.

La niña había hablado en menorquín. Al igual que su padre, la pequeña era capaz de expresarse en varias lenguas.

—En inglés, cariño —pidió Andy, pero para su sorpresa, Dylan hizo un gesto negativo con la mano y le respondió.

—*Són de veritat.*

Andy continuaba con la boca abierta del asombro cuando la niña disparó otra pregunta al tiempo que su dedito indicador señalaba la cabeza de Dylan.

—¿Y tu pelo?

Las carcajadas arreciaron en el salón. Andy pasó del asombro a la risa, sin solución de continuidad. Tina también rió, en su caso porque los demás lo hacían, ya que no entendía lo que se decían. Apenas conocía unas cuantas palabras en castellano que le había enseñado la madre de Andy.

Dylan, más que acostumbrado a la pregunta -se la habían hecho en varios idiomas y muchas más veces de lo que le apetecía recordar-, lo tomó como lo tomaba siempre.

—Muy bien, gracias —bromeó al tiempo que le hacía un guiño a la pequeña. Cuando las risas cesaron y después de rebuscar en su mente las palabras correctas, añadió—: Me afeito la cabeza. Me gusto más sin pelo.

Tina miró a Andy en busca de ayuda y lo que encontró en lo que se suponía era el rostro de su amiga fue una cara de bobalicona enamorada. Estaba claro que tendría que arreglárselas sola.

La entrenadora avanzó hasta el centro del corrillo, puso los brazos en jarra.

—A ver, políglotas, que no me estoy enterando de nada. ¿Seríais tan amables de hablar en la lengua de Su Majestad la Reina Isabel II, por favor?

—Eso —concedió Anna, estirándose a dejar una caricia en la barbilla de su sobrina—. Alba, por favor, habla en inglés para que todos podamos entenderte.

—Me llamo Dylan —continuó el irlandés.

La pequeña hizo un gesto gracioso con las manos.

—Ya lo sé. Te vi en el portátil el día de Navidad… La prima Andy habla de ti *tooooodo* el rato. Eres su novio —añadió con tal picardía que la aludida se levantó del sofá y fue a por ella riendo.

—¡Ven aquí, pequeña chivata! No se lo digas que luego se lo cree y no hay quien lo aguante…

En aquel momento una carcajada irónica llegó desde la puerta del salón atrapando la atención de todos. Seguida de otra muy aguda y larga, procedente de un bebé. Danny estaba allí con Luz en brazos, mirando la escena con la suficiencia propia de un chaval en plena pubertad.

—¿"Que no se lo diga que luego se lo cree"? Ja. Lo llevas de fondo de pantalla en tus dos móviles, el público y el que explota cuando lo tocas. —El chico aludía con desparpajo a la "línea privada" de la pareja. Las mejillas de Andy estaban cada vez más rojas y Dylan bajó la cabeza para que no lo vieran reír—. También hay un tío todo tatuado, que estoy bastante seguro de que es él, de salvapantallas en un portátil que no sé si explota porque lo tienes tan bien custodiado que no hay forma de echarle el guante. Sería un tonto si no se diera cuenta y créeme, no tiene un pelo de tonto… Ni de ninguna clase, pero era un decir —matizó, logrando que hasta Anna se partiera de risa.

—Gracias, tío. No sé que haría sin ti —apuntó Dylan.

—De nada, a mandar. Y digo yo, ¿esos bártulos que están en la entrada son nuestros regalos de Navidad? —Danny acompañó la pregunta con una sonrisa *Colgate*.

—¡Danny! —se quejó su hermana.

A continuación lo hizo Anna, mucho más sería aún.

—Pero, hijo, por favor, ¿te has dejado los modales en casa de Patrick? Pues ve a buscarlos ya mismo.

Para Dylan no tenía la menor importancia. A su edad, lo único interesante de aquella celebración religiosa que detestaba era el momento de abrir los regalos, así que asintió complacido.

—¿Puedo? —añadió el muchacho, todo ansioso y cuando lo vio volver a asentir, le entregó la niña a su madre y fue corriendo hacia la puerta de entrada.

Andy, en cambio, regresó donde estaba Dylan a quien sorprendió tomándole el rostro entre las manos. Se sentía orgullosa de él, de sus evidentes esfuerzos por aprender la lengua local, algo sobre lo que le preguntaría con más calma cuando estuvieran a solas. Orgullosa del enorme esfuerzo de adaptación que hacía. Más que orgullosa de él, en todos los sentidos.

—¿Cómo no voy a hablar siempre de ti, si eres el mejor y no dejas de darme razones para que te adore? Gracias, Dylan.

Y rubricó sus palabras con un beso que el motero, como siempre, se encargó de convertir en uno húmedo y bastante apasionado, teniendo en cuenta que los acompañaban una madre, una amiga y dos niños.

El Papá Noel de Niza había sido generoso. Danny había recibido su PlayStation y no tardó en desaparecer del salón, camino de su "cueva" para empezar a disfrutarla. En medio de la algarabía habían llegado Neus y Roser, quienes al igual que Anna, habían recibido unos elegantes pañuelos de cuello de seda pintada a mano. También había regalos para Luz y Alba. La más pequeña había recibido un conjunto de jersey y pantalones de una conocida boutique francesa de ropa infantil y la mayor, unas botas rosas UGG con su tradicional forro polar interior, cerradas por detrás con dos primorosos lazos, que la niña no tardó en ponerse, loca de contenta.

Andy no podía dejar de mirar a Dylan. Su imagen crecía exponencialmente cada minuto que pasaba y lo que encontraba más sorprendente era la gran contraposición que había entre lo que aparentaba y la clase de hombre que estaba demostrando ser.

Anna disfrutaba como nunca. Ver la admiración que destilaban los ojos de su hija. Y el amor en las miradas que los dos se dedicaban, tanto Andy como Dylan, le parecía precioso. Un gran regalo.

Otro tanto le sucedía a Neus, a quien Dylan le había caído bien desde el principio. A pesar de sus tatuajes y de sus pintas de miembro de la Hermandad Aria, le parecía un hombre cabal. Puede que no tuviera un pelo en la cabeza, pero la tenía muy bien amueblada y en su opinión, eso lo convertía en la pareja perfecta para su sobrina.

Obviamente, Roser discrepaba. Detestaba sobremanera ver cómo encandilaba a toda la familia echando mano de su abultada billetera. Para ella no era más que un encantador de serpientes.

El irlandés, de pie en medio de la estancia, ajeno a lo que se cocía en la mente de las mujeres que lo rodeaban, seguía sacando paquetes y leyendo etiquetas para saber a quién correspondían. De pronto, cayó en la cuenta de que le faltaba uno y se le ocurrió una idea.

—No sabía que venías, Tina, pero seguro que a mi chica no le importa esperar al próximo viaje. —Andy se apresuró a negar con la cabeza. Dylan continuó—: No es su regalo oficial, así que vamos a hacer un cambio —extendió la mano para entregarle el paquete y cuando estaba a mitad de camino, la retiró de golpe. Sonrió—. Espera… Tengo que abrirlo, lo siento…

Andy empezó a reír al verlo retirar un sobre pequeño del interior. Apostaba la cabeza y no la perdía que el contenido era no apto para menores de dieciocho.

—Ahora sí, todo tuyo. Feliz Navidad.

—¡Muchas gracias! ¡Para no saber que venía has dado en el clavo! —celebró la amiga de Andy el reloj de fitness supermoderno que contenía el paquete.

Al fin, Dylan tomó un sobre de papel metalizado de un fulgurante color rojo y se lo entregó a Andy.

—Esto es lo que me ha dejado Papá Noel para ti…

Una sonrisa pícara brilló en el rostro de la joven. Sin embargo, el pulso le temblaba de forma evidente cuando tomó su regalo. Era algo mayor que el típico sobre americano, más cuadrado, y pesaba muy poco.

—¿Otro sobre? —Sus ojitos pícaros acariciaron a Dylan durante un instante. Él asintió.

De pronto, el salón estaba en silencio como si se hubieran quedado a solas. Todas las miradas seguían la interacción de la pareja, excepto Alba que continuaba posando con sus flamantes botas ante un fotógrafo imaginario.

Andy extrajo el contenido. Otro sobre, esta vez de la agencia Thomas Cook, que comenzó a darle pistas acerca de la naturaleza del regalo y consiguió hacer que el corazón se le subiera a la garganta. Un corazón que empezó a latir a destajo al ver su nombre impreso en un pasaje a Londres con las fechas abiertas.

Echaba tremendamente de menos la *City*. Era su ciudad natal y siempre le había encantado. Dylan, por supuesto, lo sabía. Sabía cuánto echaba de menos la lluvia, los veranos suaves, su gimnasio, el MidWay, donde había conocido a personas que jamás olvidaría, donde lo había conocido a él, el hombre de su vida... Lo sabía y una vez más, volvía a convertirse en un duende de los deseos para concedérselo.

¿Cómo iba a decirle que se lo agradecía en el alma, pero que no podía aceptarlo? No dejaría a su madre al cuidado de nadie. No volvería a revivir el terror que había experimentado aquella madrugada cuando Pau la llamó para avisarle que Anna había sido hospitalizada. El terror de saberse lejos, de pensar que quizás no llegaba a tiempo... Ni hablar. Tampoco dejaría a Danny al timón de los Avery para irse a Londres sabiendo lo difícil que había sido para él marcharse de allí, lo mal que lo había pasado durante semanas y lo mucho que deseaba volver a ver a sus amigos. Simplemente, no podía hacerlo. Pero le partía el alma tener que decírselo y cuando alzó los ojos hasta Dylan, todos se dieron cuenta de que algo no iba bien. Él, el primero.

—Calvorotas, yo…

Dylan se inclinó hacia ella muy serio. Se acercó hasta que sus narices casi se tocaron.

—No me subestimes, preciosa. Te conozco *muchísimo* mejor de lo que crees. Sigue mirando.

Andy esbozó una sonrisa nerviosa y se apartó. Volvió a mirar el sobre y pronto descubrió que no era un pasaje; detrás del suyo había otros cuatro. Para todos los Avery, incluida la pequeña Luz, y para una Estellés. Volvió a alzar la vista emocionada y miró a su madre y a su tía Neus quienes le ofrecieron una sonrisa cómplice. Le bastó mirar a Tina para saber que ella también estaba al tanto de todo. Al fin, con los ojos sospechosamente acuosos, sacudió la cabeza. Respiró hondo varias veces.

—Siempre me dejas sin palabras. Siempre, siempre, siempre…

A Dylan le gustaba la sensibilidad de su chica, pero para él, práctico donde los hubiera, todo se reducía a un hecho: la amaba, la quería con toda el alma, y todo lo que hacía era una consecuencia de lo que sentía por ella y de la necesidad imperiosa de tenerla en su vida.

—Propongo Semana Santa —dijo—. Danny no tiene colegio y es buena época en tu ciudad.

Ella asintió.

—¿Y tú…?

Dylan le rodeó la cintura con sus brazos. La emoción disminuía a niveles tolerables en aquellos preciosos ojos marrones, que ahora brillaban ilusionados. Una maravilla, pensó.

—Y yo, ¿qué? ¿Crees que te voy a dejar ir al MidWay solita?

—Perdona que te diga, pero los celos no te pegan nada, Dylan. Cuéntame otro cuento.

Él chasqueó la lengua.

—Vaya. Me has pillado —admitió cada vez más divertido—. Mataría por ver la cara que se le queda a tu príncipe rastafari cuando nos vea entrar juntos por la puerta —y rubricó la frase con una carcajada cuando la imagen de Conor con las rastas de punta apareció en su mente.

Se estaba carcajeando a gusto y había logrado contagiar a cinco de las seis personas de sexo femenino presentes. La sexta, en cambio, puso los ojos en blanco y fue a coger a Luz del regazo de su hermana.

—Venga, pequeña —le dijo—. Vamos a prepararte la comida. —Tras lo cual, abandonó la estancia.

Dylan no había dejado de reír y como las reacciones intempestivas de Roser no eran nada nuevo para ninguno de los presentes, el resto también volvió a lo que estaba de inmediato.

Andy esperó a que él acabara de carcajearse para decir:

—No es mi príncipe. Y me da completamente igual qué cara se le quede.

A Dylan, en cambio, no le daba igual.

—Eso lo dices porque no lo has tenido que aguantar seis meses dándote la brasa, guapa —le apretó la cintura en lo que Andy supo que habría sido un cachete en el trasero de haber estado a solas—. Cada vez que te hacías la dura con Conor, el que lo tenía que aguantar era yo. Así que sí, quiero verle la cara y disfrutarlo mucho, mucho, mucho.

La expresión de la joven cambió.

—¿Hablabais de mí? —Dylan asintió—. ¿Y qué le decías?

Ja. Que *no* le decía.

—¿Te interesa saberlo?

La vio asentir varias veces con la cabeza. Sus ojos brillaban de ilusión, de interés, de picardía.

—¿Mucho, mucho, mucho?

El cazador empezaba a asomar las orejas por aquel rostro anguloso, supervaronil. Ella asintió nuevamente.

Dylan hizo un gesto dudoso con la boca. La verdad fuera dicha, lo último que le apetecía era hablar de su época lidiando con el corazón partido del chico de las rastas, pero con la motivación adecuada...

—Bueno, todo es negociable. —Sonrió— ¿Qué estarías dispuesta a ofrecerme a cambio?

Ella se echó a reír. Como tantas otras veces desde que estaban juntos. Pensándolo bien, incluso antes. Dylan siempre la había hecho reír. Era la causa de los mejores momentos de su vida y había actuado de bálsamo en varios de los peores, aportando soluciones, apoyo, consuelo. Implicándose, algo tan raro en estos tiempos. Y cautivándola cada vez un poco más.

Qué hombre más alucinante...

Andy exhaló un suspiro enamorado.

—Londres contigo me parece el mejor plan del mundo. —Se puso de puntillas, él se agachó y Andy lo besó repetidamente en los labios—. Gracias por mimarme tanto, por hacerme reír. *Por estar*. Gracias, gracias, gracias, gracias...

La respuesta de Dylan no tardó ni medio segundo en llegar y como el hombre de acción que decía ser, no fue en palabras sino en hechos. La besó, uno de sus besos plenos que siempre los dejaban a los dos con ganas de más.

Fueron unas carcajadas las que se ocuparon de devolver a la pareja al presente. Se oyeron con claridad, una en particular por encima de las demás.

La pareja dejó de besarse momentáneamente y miró a la entrenadora que se estaba partiendo de risa, sin hacer el menor intento de disimular.

—Ya. Tú ríe mucho ahora, guapa —dijo Andy—. ¿Conoces ese refrán que dice que el que ríe último, ríe mejor? Pues eso. Ya me reiré yo. Todo llega en esta vida.

Tina conocía el refrán, por supuesto. Además, era algo que le decían mucho, no tanto por su talante burlón ante según qué situaciones románticas -el de Andy, sin duda, se llevaba la palma-, sino más bien por su persistente soltería. A estas alturas, empezaba a dudar muy seriamente de que llegara ese día. Por lo visto, ser una mujer independiente y fuerte era algo que espantaba a sus compañeros de especie. Dado que no pensaba dejar de ser ni lo uno ni lo otro, hacía mucho que había optado por no dedicarle pensamientos a la cuestión.

Tina se disponía a soltarle un chascarrillo a su querida amiga, cuando Pau irrumpió en el salón, cortando de cuajo el buen ambiente que había habido hasta el momento.

—¿Qué es eso de que vas a acristalar el patio de la casa? —lo dijo mirando a Dylan—. ¿Me lo puede explicar alguien, por favor?

No solo el tono había sonado fuerte, sus profusas cejas parecían juntarse con el pelo, tal era la seriedad de su talante.

Todas las miradas confluyeron en Pau. Había sorpresa, pero también bastante resignación en el rostro de sus hermanas. Andy, que no estaba al tanto de nada, miró a Dylan con cara de no entender. Él se limitó a tomar asiento. Permaneció en apariencia impasible. Había pedido que "alguien" se lo explicara y con gusto le habría cedido el testigo a quien se presentara voluntario. Qué mal le caía aquel tipo…

Curiosamente, la primera en reaccionar fue la última que nadie esperaría. Tina se agachó a coger el anorak del respaldo del sillón donde lo había dejado. Su mirada pasó rápidamente sobre los presentes, excepto el recién llegado.

—Vuelvo en un rato —anunció.

Y tras acariciar cariñosamente la cabeza de Alba, pasó por delante del menorquín y abandonó el salón.

Durante unos instantes, la atención de Pau se concentró en la mujer que acababa de ignorarlo como si fuera una farola. No pudo evitar preguntarse qué sucedía. Era cierto que nunca había sido santo de su devoción -ella no se tomaba la menor molestia en ocultarlo-, pero que recordara, nunca lo había hecho tan evidente. Así que algo sucedía, aunque él no supiera qué.

Cuando volvió la cabeza, notó que no era él solo quién se hacía preguntas al respecto.

—Hola, papi… ¿Ya me tengo que ir?

Alba fue al encuentro de Pau, quien se puso de cuclillas y la tomó por los codos.

—Hola, preciosa… Puedes quedarte un ratito más si quieres. Vine a hablar con las tías.

La niña se alegró de saber que podía continuar jugando y su interés pronto regresó al regalo que el Papá Noel había dejado en Francia.

—¿Te gustan mis botas?

—Me encantan y te quedan muy bien, ¿sabes? Son geniales.

Pau se incorporó. Ya se ocuparía del asunto Tina en otro momento, ahora, el tema que le importaba era otro. Su rostro recuperó el talante serio que traía al llegar.

—Sigo esperando —dijo. Sus ojos recorrieron uno a uno a los presentes y acabaron en Dylan.

Él se armó de paciencia y lo soltó con su estilo aséptico habitual.

—Sí, voy a convertir el patio en un jardín de invierno que pueda usarse todo el año.

Notó de inmediato el cruce de miradas interrogantes de las mujeres presentes, pero su respuesta se cruzó con la de Anna, algo menos breve y bastante menos aséptica.

—Aquí tenemos la buena costumbre de saludar, Pau. Y sobre tu pregunta, así es, vamos a acristalar el patio. —Su voz sonó firme como si se tratara de algo que habían planificado, a pesar de que acababa de enterarse.

A Dylan le quedó claro que la mujer pretendía desviar el fuego de mortero, pero bastaba verle la cara al menorquín para darse cuenta de que si antes estaba molesto, ahora volaba de rabia. Muy mal asunto. Había tenido el disgusto de conocer cómo era el tío de Andy cuando se cabreaba y no le apetecía nada volver a pasar por la experiencia. Menos en aquel momento que estaba falto de sueño y, por lo tanto, con las reservas de "paciencia para idioteces" bajo mínimos.

—¿Vamos? —gruñó Pau—. Primero, no entiendo por qué tengo que enterarme por Antón, el del almacén de materiales. Es la casa familiar y la última vez que lo miré, yo formaba parte de esta familia. Y segundo, hacen falta permisos municipales para hacer obras. ¿Los tienes? Porque hasta que no los tengas, aquí no se va tocar un ladrillo, que luego las multas dan miedo.

Los ojos de Anna miraron brevemente a Dylan. Había saltado al ruedo para evitar que su hermano menor se ensañara con él pero, a decir verdad, no se le había pasado por la cabeza el pequeño detalle de los permisos.

—Bah, bah, bah… No hagas una montaña de un grano de arena, Pau. No te has enterado porque estabas liado con tus temas judiciales y no quisimos molestarte —intervino Neus con la misma intención que su hermana. Ella tampoco sabía que iban a cerrar el patio.

La mirada de Pau le informó sin necesidad de palabras que se inventara otra mentira, que esa no se la tragaba.

En aquel momento, cuando Dylan se disponía a hablar, apareció Roser. Traía a Luz en brazos y cara de haber escuchado que algo gordo se estaba cociendo en el salón y venía a averiguar de qué se trataba.

El irlandés exhaló un suspiro. Fijó sus ojos en aquel tipo que lo tenía hasta la coronilla.

—Tu padre se ha ocupado de los permisos. Pretendía ser una sorpresa para Anna, de ahí que no lo supiera nadie.

Notó la mirada amorosa de Andy derritiéndole el perfil derecho del cuerpo. Las de Anna y Neus eran de agradecimiento. Las que procedían del sucesor del Gran Cacique y su perra guardiana se ocupaban de equilibrar la balanza. Vamos, que a estas alturas, todo él ya habría volado por los aires en pedacitos de haber estado solo, a merced de esos dos.

—¿Has hablado con mi padre? —En realidad, sonó como si Pau hubiera dicho "¿has tenido el atrevimiento de hablar con mi padre en vez de conmigo?".

La respuesta de Dylan, en cambio, sonó simple y llana. Obvia.

—Tú estabas en Barcelona.

—Hay teléfonos allí —repuso Roser, incapaz de mantener la boca cerrada. Sus hermanas la miraron deseando matarla.

—A ver si nos entendemos… —empezó a decir Pau, cada vez más embalado—. Soy yo quien se ocupa de todos los asuntos, sean familiares o comerciales. Mi padre está retirado. Así que da igual dónde esté, como si me he ido a Siberia, lo que tienes que hacer es hablar conmigo.

—¡Pau…! —intervinieron Anna y Neus al unísono. El comienzo de la frase había sonado a rapapolvo, así que resultaba imprevisible saber cómo podía acabar la conversación.

Dylan decidió atajar el asunto. Las interrumpió al tiempo que se disculpaba por ello con un gesto de la mano.

—Entendido, tío. Tomo nota —dijo.

No tenía la menor intención de causar un cisma familiar por el cerramiento del bendito patio. Menos aún, discutir con el señor Melenas porque aunque él pudiera estar pensando lo contrario, no había querido pasar por encima de su autoridad ni mucho menos. Simplemente, así se habían dado las cosas. Tenía en mente el asunto del patio y sabía que Pau no estaba en la isla. Cuando salía de comprar un móvil nuevo para Andy, se había encontrado con Francesc Estellés y se detuvo a conversar.

Pensando que seguramente harían falta permisos se lo había comentado. El hombre se había mostrado colaborador desde el primer momento. Se había ocupado de todo.

Aquello pareció funcionar.

—¿Los permisos están en regla?

—Eso me ha dicho tu padre.

El menorquín se lo quedó mirando unos instantes, estudiándolo. Al fin, hizo un gesto afirmativo con la cabeza.

El repliegue de fuerzas agradó a tres de las mujeres presentes en la sala. La cuarta miró hacia otro lado y aunque no dijo nada, la expresión agria de su rostro comunicó a los presentes que a ella no le había agradado en lo más mínimo.

Dylan no se lo pensó dos veces y se puso de pie.

—Ahora, si me disculpáis, me voy a casa. Tengo una pila de cajas de mudanza esperando que las abra. —En realidad, lo que el cuerpo le pedía a gritos era media hora a solas con su chica, quien también se levantó del asiento.

—¿No te quedas a comer, Dylan? —ofreció Anna.

—Venga, hombre, esas cajas no se van a ir a ninguna parte… —lo animó Neus.

La pareja intercambió miradas y los dos supieron que las ganas de intimidad eran las mismas.

—No seáis pesadas —sentenció Andy—. Ha dicho que se va. Mejor dicho, nos vamos.

—¿Tienes miedo de que se pierda por el camino? —Aquella frase le resultó tremendamente familiar al irlandés. La había oído antes. Solo que esta vez lo había dicho una mujer.

Andy miró a Roser con una sonrisa pícara. Estaba demasiado feliz como para enfadarse.

—Llevamos diez días sin vernos, tía. Seguro que te imaginas por qué queremos estar a solas.

La pareja no le dio tiempo siquiera a responder que ya estaba cargando los petates de Dylan en el viejo utilitario de la empresa del que Andy disponía a su antojo.

Demoraron ocho minutos de reloj en llegar a casa de Dylan y como si se hubieran puesto de acuerdo, los dos enfilaron hacia la vivienda sin preocuparse de bajar el equipaje.

Y una vez dentro…

Dylan la empujó suavemente, la acorraló entre su cuerpo y la pared. Habló en tono de susurro al tiempo que se inclinaba sobre ella y hundía la nariz en su cuello a la altura del hombro.

—¿Has puesto la calefacción?

Andy se estremeció. Se pegó más a él.

—Ajá…

—¿Te preocupaba que pasáramos frío?

Los dos rieron bajito. Las manos de Andy empezaron a desvestirlo con suavidad. Él suspiró. Dejó que ella le quitara la camiseta y recibió con otro suspiro sus caricias sobre el pecho desnudo. Lo excitaba la idea de hacerle el amor, pero, de pronto, se sentía tan cansado que las piernas apenas lo sostenían de pie. Era como si el estrés de meses persiguiendo aviones, el agobio de diez días trabajando contra reloj y la desesperación por volver a verla, se hubieran precipitado sobre él a lo bestia.

—Estoy molido. No creo que aguante si antes no me dejas echar otra cabezada…

Andy lo miró rezumando ternura.

—Sobreviviré a un par de horas más, tranquilo.

—¿Segura?

Ella asintió.

—Mientras pueda acurrucarme a tu lado, sí… Creo que sí.

Dylan rodeó los labios femeninos con su boca. Fue un beso largo, amoroso, tras el cual la abrazó muy fuerte.

—Han sido diez días interminables sin ti —murmuró él.

Sus miradas se encontraron. Andy movió la cabeza en un gesto afirmativo varias veces.

—Eternos —concedió—. Desesperantemente eternos.

Tina acababa de llegar de entrenar por segunda vez en el día. De camino, se había cruzado con Anna, Neus, Danny y la pequeña Luz que ya vestidos de gala se iban al restaurante a hacerle compañía a Ciro. Así se había enterado de que su querida amiga todavía estaba en casa de Dylan porque se habían quedado dormidos.

Por lo visto, a no parar de hacerlo ahora se le llama quedarse dormido.

Sonrió ante su propio pensamiento y estaba a punto de meterse en el baño cuando oyó el timbre. Volvió sobre sus pasos pensando que la novia olvidadiza se había dejado las llaves y al abrir la puerta se encontró con una desagradable sorpresa; no se trataba de la novia olvidadiza sino del controlador de su tío. Qué suerte.

—No están, en la casa solo estoy yo. —Un instante después, Tina se dio la vuelta dispuesta a regresar al baño.

Pau frunció el ceño. Había sido un visto y no visto. Igual que por la mañana. Un segundo, y ella y su tonificada silueta desaparecían de la escena como si él fuera portador de alguna enfermedad altamente contagiosa.

—He venido a hablar contigo —repuso el menorquín a la espalda femenina que ya había alcanzado el otro extremo del pasillo—. ¿Se puede saber qué es lo que te pasa?

Tina se volvió solo parcialmente. No tenía intenciones de quedarse y desde luego, menos aún de que "hablara con ella".

—Nada, ¿por qué iba a pasarme algo? Oye, se hace tarde y tengo que cambiarme para la cena.

Pau recortó la distancia que los separaba. Tina comprendió que no se marcharía antes de decir lo que fuera que hubiera ido a decir, así que de mala gana se volvió de frente a él, esperando que lo soltara de una vez. Lo cual no tardó en suceder.

—Esta mañana saliste poco menos que corriendo cuando entré. ¿He hecho algo que te molestara? Si es así, dímelo para que pueda solucionarlo. Ni me gusta que me dejen hablando solo, ni que mi familia empiece a pensar que te hecho algo y cargue contra mí. Ya tengo suficientes problemas.

"Esto sí que tiene gracia", pensó la entrenadora. El señor llevaba toda la vida interfiriendo en los asuntos de los demás, diciéndoles lo que tenían que hacer. Pero, por lo visto, lo anormal no eran sus interferencias, sino que alguien no estuviera dispuesto a tolerarlas y se largara. ¿De qué manicomio se había escapado? Fuera del que fuera, algo tenía claro: no merecía la pena ponerse a discutir con un loco.

—Tranquilo, que no me has hecho nada. Si has acabado, me voy a duchar. Ya sabes donde está la puerta.

Y con esas volvió a ponerse en marcha.

—No, no he acabado. —La voz del menorquín la dejó clavada al suelo—. Basta de evitarme. Por favor, deja de hacer… lo que quiera que intentes hacer con estas salidas de persona ofendida.

La ceja de Tina subió tan alto que acabó metiéndose ella solita en el coletero junto con el resto de la melena que caía en una cola de caballo sobre su espalda. Volvió la cabeza para mirarlo.

—¿Qué te hace pensar que puedes decirme lo que tengo o no tengo que hacer?

Y acto seguido, enfiló hacia la puerta que estaba al otro lado del patio. Pau fue tras ella por puro impulso.

—¿Decirle a Martina Murphy lo que tiene que hacer? ¡Dios me libre y me guarde de semejante ocurrencia! Me combates desde que eras una cría y mira, ¿sabes qué? Me da igual si no te caigo bien, pero eres una invitada y mientras estés aquí, sería de agradecer que te guardaras tu cabreo para ti. Ya tengo bastantes problemas sin añadir a la amiga cabreada de mi sobrina.

"¿Una invitada?". Llevaba entre las Avery desde siempre. De hecho, mucho más que él, que era familia. Picada por aquel comentario, Tina decidió que no le daría el gusto de concederle tanta importancia.

—¿Es esto lo que querías hablar conmigo? —repuso, y sin esperar respuesta, añadió—: Pues ya está hablado. Ahora, me voy a duchar.

La mirada altiva de Pau acompañó a Tina hasta que un instante después desapareció en el interior de la vivienda.

Dios, qué ganas de ponerle los puntos sobre las íes a la señorita Murphy…

Pero, evidentemente, no sería ni allí ni entonces. Y no porque él lo hubiera decidido así.

Mierda.

El menorquín dio media vuelta y abandonó la casa. También tenía que cambiarse para la cena y ofrecer su mejor cara a la extensa lista de invitados. Cuestión de prioridades: era el anfitrión, la cabeza visible de una gran marca comercial, y todo tenía que salir perfecto. Pero si la amiga de Andy pensaba que las cosas se iban a quedar así, estaba muy equivocada. Algo sucedía y no pensaba parar hasta averiguar de qué se trataba.

ENTRE-HISTORIAS 5

Nochevieja de 2009.
Restaurante Sa Badia,
Ciudadela, Menorca.

El restaurante parecía otro. Engalanado hasta el último rincón y lleno de luces festivas, distaba mucho del lugar exclusivo de ambiente tranquilo que hacía años se había convertido en un icono gastronómico de la isla. La actividad principal a primera hora de la noche se hallaba en el salón central donde tres mesas redondas con capacidad para ocho comensales cada una acogería la cena familiar y mientras llegaban los distintos miembros, un bufé variado de aperitivos amenizaría la espera. Luego, la actividad se extendería a todas las instalaciones incluida su emblemática terraza con vistas panorámicas al puerto. Eso sucedería a medianoche cuando las puertas del restaurante se abrieran para recibir a los cien invitados con asistencia confirmada desde hacía más de un mes.

Tampoco el personal de sala ni el de cocina era el de siempre. Era una vieja tradición de los Estellés que el restaurante permaneciera cerrado en Noche Vieja y Año Nuevo para que todo el equipo pudiera descansar y pasar unas fechas tan señaladas con sus familias. Pau no había querido romper con la tradición, de modo que los doce experimentados camareros y el jefe de sala encargados de servir la cena a la familia, habían sido contratados específicamente para la ocasión. Otro tanto sucedía en la cocina del chef Ciro Montaner, solo que en este caso el personal había sido escogido por concurso de méritos entre sus estudiantes. Algo que constituía todo un privilegio para los aprendices, era un motivo extra de nervios para el chef.

A Ciro le gustaban las ideas de su tío, lo consideraba osado e innovador y por eso congeniaban tan bien, pero habría preferido contar con su personal habitual aquella noche y no con un puñado de jóvenes muy ambiciosos, pero inexpertos. Cuando se trataba de encender los fogones de Sa Badia, a Ciro le daba igual quiénes eran los comensales, si se trataba de su propia familia o de un alto cargo del gobierno. Para él no había medias tintas: se jugaba su reputación en cada plato que salía de su cocina.

Buena parte de la familia ya estaba allí a las nueve -la hora a la que habían sido convocados- con elegantes vestidos las damas y riguroso traje los caballeros. Francesc Estellés, su esposa Lucía y los hermanos de esta acompañados por Roser Estellés llegarían con retraso debido a problemas con el vuelo que había traído a los Martí desde Barcelona.

Eran pasadas las nueve cuando Dylan hizo su aparición triunfal y lo hizo a lo grande. Si normalmente atraía la atención con su gran envergadura y su cabeza completamente rapada, embutido en un traje de lana virgen gris oscuro con chaleco y dos hermosas mujeres del brazo, se convirtió en el centro de atención de todo el mundo.

Ciro, que había abandonado la cocina momentáneamente para resolver una necesidad acuciante, pasó por delante del trío a toda prisa y solo se detuvo un segundo para decirle a Tina:

—No se te ocurra asomar la nariz a mi cocina de esa guisa, ¿entendido, preciosa? Son jóvenes e inexpertos y ya están de los nervios sin necesidad de que una sirena les recuerde que hay manjares al otro lado de los azulejos. —Soltó una risotada de desesperación—. ¡Para ponerlos nerviosos me basto yo solito! ¡Ay, Señor, que ya me veo despidiendo el año con gofres del súper!

La inglesa celebró el peculiar piropo con una carcajada. Pensó que no estaría de más que su tío, al que por cierto aún no había visto, se contagiara un poquito de la simpatía y la espontaneidad de Ciro Montaner. Qué hombre más divertido. Lo encontraba tronchante.

Entonces, el chef volvió a detenerse y miró directamente a su prima que con un vestido de encaje negro sin mangas, con la falda en volantes cortos por delante y largos en forma de pico por detrás, y sus zapatos de gran plataforma, parecía una princesa gótica. Andy empezó a reír antes siquiera de que él abriera la boca.

—También va por ti, hermosa, que ahí dentro hay varios lobos feroces y no me fío nada de la cacareada practicidad del señor Bola de Billar.

"Haces bien en no fiarte", pensó el irlandés a quien el amor le había permitido descubrir en sí mismo una ligera tendencia a la territorialidad hasta entonces desconocida en él. La combatía, por supuesto, pero de que estaba allí, sorprendiéndolo una y otra vez, daba fe.

—Hermosa sabe que cuenta con Bola de Billar para lo que haga falta, pero si algo te puedo asegurar es que no necesita que nadie le cuide las espaldas. Lo vi con estos dos ojitos —sentenció Dylan, señalando sus enormes ojos color cielo ante la expresión enamorada de su chica.

Tina le apretó el brazo cariñosamente.

—Me descubro ante ti, chaval. Tú sí que sabes lo que se hace. ¿No has pensado en dar clases? Sé de alguno por estas tierras al que le vendría de perlas aprender que ser mujer y joven no es sinónimo de ser débil e indefensa.

Andy sonrió para sus adentros. Tina no había dicho a quién se refería con nombre y apellido, pero no hacía falta. A ninguno de los presentes le hacían falta aclaraciones y a ella, menos que a nadie. Siempre había tenido la sensación de que algo había sucedido entre su amiga y su tío en el pasado. Una especie de pálpito que nunca había conseguido confirmar. Tampoco desmentir, por cierto. Pero debido a la diferencia de edad que había entre los dos, no veía claro cuándo podría haber sucedido. Hasta donde alcanzaba la memoria de Andy, Tina y Pau siempre habían estado como el perro y el gato aunque delante de la familia mantuvieran las formas, así que el conflicto, de existir, tenía que remontarse a la adolescencia de su amiga.

Pau se dirigía a la cocina a hablar con el chef en aquel momento y reparó en los que acababan de llegar; su sobrina, el miembro de la Hermandad Aria y la hermosa mujer con un vestido rojo de rompe y rasga. También volvió a percatarse de la buena relación que ella tenía con el chef. No era algo nuevo, Tina y su sobrino apenas se llevaban dos años y congeniaban desde siempre. Tan solo fue un instante, ya que de inmediato Pau interceptó a Ciro que iba a los servicios.

Pero fue un instante que no pasó desapercibido a Andy. Volvió a sonreír para sus adentros y se dispuso a unirse al resto de la familia que ya ocupaba su sitio en las mesas redondas.

La llegada del trío había acaparado miradas a base de bien. Los tres estaban deslumbrantes y que el irlandés vistiera un elegante traje y entrara con una bella mujer de cada brazo había disparado comentarios y miradas pícaras.

—Vaya percha, Dylan. Estás guapísimo. Deberías llevar traje más a menudo. Te sienta de maravilla —fue el recibimiento de Anna mientras Andy le daba el consabido beso en la mejilla. Enseguida, dejó un pellizco cariñoso sobre la mejilla regordeta de Luz que, en los brazos de Anna y luciendo un primoroso vestido de terciopelo rosa, repartía sonrisas por doquier.

Él dio una vuelta sobre sí mismo provocando silbidos y risas.

—No le des ideas —suplicó la muchacha, haciendo reír a su madre. Como Dylan decidiera hacerle caso, era candidata segura al infarto de miocardio.

—Bueno —intervino Neus, dicharachera—, con vuestro permiso yo voy a barrer para casa y diré que mi sobrina está preciosa… *Es* preciosa, pero hoy más. Y Tina, estás deslumbrante con ese vestido, niña.

Los saludos continuaron durante unos instantes, pero al fin los recién llegados ocuparon sus lugares en la mesa que les correspondía, y Andy y Dylan volvieron a su propio universo.

—¿Sabes? Creo que a mi tío le gusta Tina.

—Le gusta.

Andy miró a Dylan, toda picardía.

—¿Y tú cómo lo sabes?

Él se había puesto cómodo en su silla, apoyado contra el rincón más distante del respaldo. Uno de sus brazos descansaba sobre el respaldo de la silla de Andy.

—Porque soy de su mismo sexo y noto los mensajes subliminales.

—¿Le envía mensajes subliminales? —Andy empezó a troncharse bajo la mirada enamorada de Dylan que no podía evitar sentirse cautivado por el sonido de aquella risa, por cómo se iluminaban sus ojos, por cómo se dulcificaba hasta la última de sus preciosas pecas. Era una maravilla—. Pues tengo la impresión de que Tina los machaca a palmetazo limpio, así que no sé cómo se las arreglarán para acercar posiciones… —Sacudió la cabeza risueña—. Qué ironía que después de años dándole la brasa a mi tío con que se buscara una novia, resulte que la candidata ha estado aquí todo el tiempo…

—Claro que lo sabes; como hicimos tú y yo. —Sonrió, desafiante—. Es un método infalible.

—Vaya nochecita —concedió con los ojos brillantes.

—Nochecitas. En plural.

Ella asintió. Su mente, como siempre, regresó aquellos días de pasión incendiaria y confusión.

—No dejaba de pensar que me estaba metiendo en camisa de once varas, que lo que hacía no estaba bien, y me juraba y perjuraba que no volvería a suceder…

—Pero sucedía.

Ella asintió.

—¿Qué pensabas de mí? Debí parecerte una cría que no sabía dónde tenía la cabeza…

Los dedos del irlandés, que hasta aquel momento estaban sobre el respaldo, empezaron a juguetear sobre la espalda desnuda de Andy. Ella se estremeció. Dylan también.

—Cuando un tío está caliente, no piensa y tú me ponías a mil. *Me pones a mil.*

—Así que para ti era una simple cuestión sexual…

Los dedos subieron hasta la nuca femenina trazando círculos.

—Básicamente, sí.

—Hasta que se convirtió en otra cosa…

Él asintió. Hasta que la conciencia de lo que sentía por ella llegó como un huracán, arrasándolo todo.

Dylan se inclinó hacia Andy. Habló mirándola a los ojos, en un susurro.

—Hasta que se convirtió en otra cosa —concedió, pero cuando intentó alejarse, ella no se lo permitió. Buscó sus besos y él se los dio.

—Será mejor que no tientes al cazador, preciosa —susurró, pero profundizó su beso—. Aisssss, joder, qué ganas… ¿No quieres que te acompañe al baño?

—Es lo que tiene quedarse dormido y no, nada de baños.

Andy sonrió con malicia. Él también sonrió. O al menos, lo intentó. Mejor que no le recordara que después de diez largos días de abstinencia, los primeros de Dylan en dos décadas, cuando al fin tenía a su chica a tiro, en vez de darle gusto al cuerpo, se habían pasado todo el día durmiendo. Ni siquiera entonces, agotado como estaba, posponer el sexo le pareció una buena idea. Ahora, descansado y constantemente estimulado por la inusual cantidad de piel que aquel precioso vestido dejaba a la vista, empezaba a sentirse como un adolescente salido, loco por hincársela.

Algo de lo que Andy, a pesar de los esfuerzos de Dylan por disimular, se dio cuenta enseguida. Ella acarició el rostro masculino con devoción.

—Si las ganas son muchas podemos desaparecer un ratito después de cenar…

Los ojos del irlandés centellearon de deseo. Su mano abandonó el respaldo y resbaló por el talle hasta la cintura de Andy, posesivamente. La otra ascendió por su pantorrilla, aprovechando la privacidad que les ofrecía el mantel. Estaba listo para el disparo, más listo y más dispuesto que nunca en toda su vida. Los dos lo estaban, Andy temblaba, podía sentirlo perfectamente. Solo necesitaban levantarse de aquella concurrida mesa y desaparecer durante un cuarto de hora. ¿Podrían esfumarse con suficiente disimulo? Quizás si lo hacían por separado, él primero, por ejemplo, aprovechando algún momento en el que no fuera el centro de atención… Los ojos de su chica le decían que "después" podía interpretarse perfectamente como "ahora mismo" y Dylan ya se había abotonado la chaqueta para mantener a cubierto una erección del tamaño de diez días de abstinencia cuando su móvil empezó a sonar.

JODER. Joder, joder, joder…

Dylan vio a Andy apartar la vista, frustrada, y maldijo al tocapelotas que les estaba cortando el rollo en lo mejor. Miró la pantalla para ver de quién se trataba y enseguida frunció el ceño.

—Es Dakota —anunció. Alguien que rara vez lo llamaba. Normalmente, era Evel quien lo hacía aunque después, si su socio estaba por los alrededores, también se sumaba a la conversación.

Vaya, qué oportuno era su ex jefe, pensó Andy, que empezó a abanicarse disimuladamente con la mano mientras sonreía a su madre con expresión de "¡qué calor hace aquí dentro, ¿no?".

Era Dakota con unas copas de más. Unas cuantas, en realidad. Dylan lo puso en manos libres. El bullicio que les llegaba desde Londres era casi tan grande como el de Sa Badia, que ya era decir porque Danny se había cansado de esperar sentado y había subido a la pequeña plataforma que hacía las veces de escenario desde donde servía en bucle "One Time", el hit de la naciente estrella juvenil Justin Bieber.

Por lo visto, las dos parejas estaban en casa de los padres de Evel y el plan para después de cenar era irse de marcha ya que el MidWay no ofrecería fiestas privadas aquella noche. El negocio iba muy bien. Poner a Maverick al timón del bar había sido todo un acierto. De eso hablaban, precisamente.

—*Si te digo la verdad, no sé cómo lo hace, pero se trae a todo el mundo de calle. Lo de las tías lo entiendo. El colega tiene su morbo, ¿no, Bollito?* —Se oyó la voz de Tess en la lejanía y a continuación una risotada de Dakota—. *Atractivo te voy a dar a ti... Pero lo de los moteros es un misterio.... A mí me tienes diez minutos esperando para servirme una birra y monto la de Dios. ¡Pero Maverick lo consigue, tío!*

—Es un animador nato —repuso Dylan—, tiene mucha psicología para tratar con la gente, y domina el trabajo de hostelería. Su padre tenía un bar. Era vuestro candidato perfecto, aunque no quisierais contratar hombres para la barra del MidWay.

—*Lo que me recuerda que vaya manera de colarme el gol, ¿eh, Andy?* —Ella sonrió y puso cara de dolor a la espera de lo que su ex jefe iba a decir. Estando sobrio lo suyo no era precisamente la diplomacia y ahora la sobriedad brillaba por su ausencia—. *Habría apostado el culo por las rastas de Conor y resulta que el que te hacía tilín es un tipo que no tiene un pelo en la cabeza... Ja, ja, ja...*

La pareja intercambió miradas pícaras.

—Pues menos mal que no lo apostaste —apuntó Andy.

—*Lo mío fue peor, colega* —intervino Evel—. *Oí a Dylan cantar las virtudes de Andy con estas dos orejitas que Dios me ha dado y no caí. Me extrañó, eso sí, pero no até cabos.*

La mirada de Andy regresó al irlandés, cargada de picardía. Así que no solo hablaba de ella con Conor. Qué interesante.

—*¿Cantar virtudes? Ja, ja, ja Pero si este tío es más agrio que un limón... Ja, ja, ja... Más que yo, y eso ya es decir muchísimo —*apostilló Dakota, tronchándose.

—*Por eso me extrañó* —dijo Evel—. *Fue toda una sorpresa... Casi estoy por decir que era la primera vez que le oía hablar bien de una mujer... Y sin casi.*

Era cuestión de segundos que su chica intentara indagar al respecto, pensó Dylan, y aunque esos dos bromearan al respecto, seguramente gracias a las copas de más que llevaban ambos en el cuerpo, no era un dato relevante. Había hecho varias locuras por Andy (y las seguiría haciendo), pero reconocer su valía no había sido más que constatar un hecho.

Dylan le hizo un guiño a Andy antes de zanjar el asunto:

—¿Te extrañó, dices? Colega, soy irlandés, ¿recuerdas? ¿Cuántos irlandeses conoces que *no* canten?

Cuando Tina se levantó de la mesa para ir al baño, llevaba un buen rato atenta a lo que sucedía entre su amiga y el señor Bola de Billar. No podía evitarlo. Nunca había visto a Andy tan ilusionada con alguien y aunque a Dylan no lo conocía, su total interés por ella era evidente. Sus ojos no se apartaban de ella y casi cualquier circunstancia valía para regalarle un beso o una caricia. O para abrazarla, como hacía un momento. Parecían tener una gran compenetración a pesar de la diferencia de edad y constituían una visión muy esperada por Tina que, inevitablemente, la llenaba de envidia sana. Le alegraba saber que su querida amiga había encontrado al fin a un hombre que la mereciera y estuviera dispuesto a apoyarla en el duro panorama que le deparaba el futuro.

Pero el momento de pensamientos placenteros acabó abruptamente cuando, de regreso a la mesa, Tina se encontró con el tío de Andy que salía de la cocina.

—Hola… Ya comemos, que no cunda el pánico. Intentaba darles unos minutos más a mis tíos, su avión llegó con retraso, pero tengo al chef al borde de un ataque de nervios así que… —explicó Pau, que se situó a la derecha de Tina y continuó andando a su lado hacia el salón.

Ella, sorprendida -y algo desconfiada, para qué negarlo-, se limitó a asentir. El tipo era de lo más inesperado; un momento echaba fuego por la boca y al siguiente era todo sonrisas.

—Estás preciosa, por cierto. Ese vestido lo hicieron pensando en ti —añadió el menorquín.

Era largo hasta los pies, de corte recto, y el corpiño se cerraba con una tira bordada alrededor del cuello, dejando desnudos sus hombros y buena parte de su espalda. De un rojo intenso, destacaba el tono cobrizo de su piel. Raro en ella, llevaba el cabello suelto. Una preciosa melena negra que dejaba el rostro despejado y caía hasta más allá de la mitad de su espalda.

Él también estaba "precioso", súperelegante y a la última con aquel traje de pana azul eléctrico. Aunque le habría gustado mucho más de estarse calladito, en vez de acudir al piropo fácil para intentar disculparse por ser tan capullo.

Tina miró alrededor a ver si había alguien más que pudiera ser el destinatario de aquellas palabras, pero no halló a nadie. Volvió a mirarlo.

—¿Me lo dices a mí?

Pau sonrió.

—Qué dura eres…

Él se detuvo y la instó a hacer lo mismo.

—Llevo años luchando porque mi hermana deje de bregar sola en otro país y mis sobrinos tengan el cariño que se merecen, el apoyo y los beneficios que implica ser miembros de la gran familia a la que pertenecen. Tú lo sabes porque has estado con ellos desde que eras una niña. No voy a disculparme por hacer lo que sea menester para proteger a mi familia. Pero sí te debo una disculpa por lo de esta tarde. Lo que dije no estuvo bien. Tampoco cómo lo dije… Perdóname, por favor.

Tina se cruzó de brazos, señal de que su paciencia empezaba a disminuir a marchas forzadas.

—Esta sí que es buena… Oye, ¿te estarías disculpando si en vez de ser una mujer fuera un hombre? Te pasaste, sí, ¿y qué? Yo me pasé más, poco faltó para que te mandara a la mierda, así que déjate de historias. No quiero tus disculpas.

—Sí que las quieres —repuso él. Su voz y su media sonrisa hablaban claro de que aquella conversación lo divertía.

En efecto, así era. Pau había nacido y vivido entre personas de gran temperamento, le gustaba la gente así, y Tina era todo un carácter.

A ella, en cambio, le pareció la típica mirada que le dedicas a una adolescente en plena pataleta, algo que no encontró divertido en absoluto.

—No, no las quiero —replicó, y empezó a andar hacia la mesa.

Pau volvió a detenerla con suavidad, se las arregló para esquivar la mirada asesina que la mujer le dedicó, y le ofreció un gesto de paz.

—Vale, vale… No quieres mis disculpas, pero algo quieres. No soy el enemigo, Tina. Los dos estamos en el mismo bando. Pero cada vez que yo entro por una puerta, tú sales por la otra. Algo sucede. Dime qué es.

—¿Lo dices en serio? —Tenía gracia que además hubiera que explicárselo.

Pau permaneció mirándola en silencio. Su expresión se había tornado seria y era evidente que sí, esperaba que se lo explicara. Aunque a ella le pareciera increíble, así era.

—Sucede que te comportas como si trataras con imberbes. *Andy no es ninguna imberbe, ¿te enteras?* Es la mujer más fuerte que conozco. Te aseguro que no necesita a ningún alfa cuidándole las espaldas. Lo que necesita es un hombre que le demuestre lo especial que es, que la mime y la adore y haga locuras por ella. Dylan es ese hombre, aunque tú, evidentemente, no te has percatado. Harías bien en dejar de ocupar tu tiempo saboteándolo y dedicarte a observarlo. Mira cómo lo hace. Quizás tengas suerte y aprendas algo.

Pau la miró asombrado. Que ella creyera que alguien como Dylan Mitchell podía enseñarle algo, lo que fuera, le parecía un chiste, pero confundir sus intentos de proteger a Andy de aquel impresentable con comportarse como el jefe de una manada de lobos era pasarse y mucho.

—¿Lo de "alfa" va por mí?

Tina le echó una mirada furibunda, pero cuando se disponía a responder lo que seguramente al menorquín no iba a gustarle nada oír, apareció Alba y Pau, sencillamente, se transformó en otra persona. La entrenadora no entendió lo que padre e hija se decían porque hablaban en el dialecto local, pero el lenguaje corporal del tío de Andy y el tono de su voz mostraban a alguien que distaba millas siderales del idiota mandón y metomentodo que Tina conocía.

—Papi, tengo hambre… ¿cuándo vamos a comer?

Pau se agachó frente a la pequeña Alba.

—Ahora mismo, princesa. ¿Sabes qué ha preparado Ciro para ti?

La niña sacudió sus ricitos graciosamente. Él se incorporó y la tomó en brazos.

—¿Sabes ese pastel de carne que te gusta tanto?

—¡Síiiiiiii! —exclamó la pequeña, dando palmas de alegría.

Pau miró a la amiga de Andy y le cedió el paso caballerosamente.

Tina, más descolocada por momentos, se puso en marcha y los tres se dirigieron al salón mientras padre e hija continuaban hablando animadamente.

Mientras tanto, en una de las mesas…

—¿Estás viendo lo mismo que yo? —le dijo Neus a su hermana en tono de confidencia. Sus ojos no abandonaron a Pau en ningún momento. Él se aproximaba con la pequeña Alba en brazos y una hermosa, hermosísima, mujer a su lado.

—Ya lo creo que sí —respondió Anna, sonriente.

La cena comenzó con veinte minutos de retraso sobre la hora prevista y sin la presencia de Francesc Estellés y la familia de su esposa, Lucía Oriol, que se unirían más tarde. Además de los aperitivos del bufé, el menú consistió de tres especialidades del chef que hicieron las delicias de los comensales y que Andy y Dylan apenas tocaron. Picoteaban de los platos que los camareros les iban poniendo delante, pero un comentario o una mirada los devolvía a su mundo romántico, se olvidaban de las exquisiteces hasta que el camarero de turno les traía el siguiente plato, y vuelta a empezar. Y eso, a pesar de los esfuerzos de Andy por desviar la persistente atención que su vestido parecía despertar en el irlandés, como ahora.

—¿Te acuerdas esa conversación que tuvimos sobre cambiar de trabajo?

—¿Esa en la que yo te decía que con veintidós años podías hacer lo que quisieras y tú me respondiste que eso era válido para los Mitchell pero no para los Avery? —repuso él con todo el retintín del mundo.

—Esa misma.

Andy continuó troceando su porción de perdices con col, añadiendo intriga al momento a propósito, pero Dylan no picó el anzuelo. Intercambiaron miradas divertidas y al fin, la muchacha, claudicó:

—Llevo tiempo dándole vueltas a una idea. Y descartándola diez minutos después, claro. Es una idea muy loca, arriesgada y Dios, carísima. Pero no deja de volver…

El irlandés continuó sin picar. Sus ojos no se apartaban de Andy, ni su sonrisa abandonaba su rostro, pero no formulaba ninguna pregunta. Le encantaba seguir los procesos mentales de su chica, ver cómo ella sola iba de desmadejando el ovillo de sus dudas y entrelazándolas poco a poco con sus certezas y su enorme fortaleza interior. Otra cosa más que le encantaba de Andy, la que hacía el número 1.257.415.

—Y a poco que lo pienso —siguió diciendo la muchacha—, me doy cuenta de que eso es lo que me gusta, lo que se me da bien. Para mí sería como pasármelo bomba y que encima me pagaran por ello y sí, la inversión que tendría que hacer es grande, pero es un negocio seguro… —El rostro de Andy se volvía más luminoso a medida que la ilusión crecía en su interior hasta que, por eso de que todo lo que sube tiene que bajar, se cubrió el rostro con las manos—. Diossssss, voy a necesitar un montón de dinero. ¿No podía ocurrírseme algo baratito? Quiero abrir un gimnasio aquí, en Ciudadela. Fitness, artes marciales mixtas, terapias de belleza, no solo aparatos. ¿A que es una locura? —Y no acabó de decirlo que se echó a reír de pura desesperación.

Inteligente, supercapaz y emprendedora, además de fabulosa. Joder, ¿cómo no voy a estar hasta las trancas[15] por ti? Aisssss...

—Cara, sí. Loca, para nada. Si quieres mi opinión, es una muy buena idea. Prepara un plan de empresa en condiciones y no creo que vayas a tener problemas para conseguir financiación bancaria. En el último de los casos, también tienes a Bola de Billar.

Andy lo miró asombrado.

—¿Me financiarías?

Esta vez fue él quien la miró asombrado.

—Claro —una sonrisa seductora brilló en su rostro—. Aunque, mis intereses serían muy altos, todo hay que decirlo.

—¿Estás hablando en serio?

Tan en serio como el asombro que lucía en aquella cara preciosa, sí.

—Soy un usurero para ciertas cosas, advertida estás —repuso Dylan, intentando mantenerse serio para dar más credibilidad al terrible farol que acababa de marcarse.

Ella sonrió con picardía y él supo que su farol no había colado.

—Bombones de aniversario, obras de albañilería para hacer mérito con mi madre y ahora también usurero a mi medida. Por no mencionar, claro, que estás aprendiendo a hablar la lengua nativa...

Dylan aún lo intentó.

—Eres mucho más complaciente cuando estás de buen humor. Soy práctico, ya me conoces.

---

15 Estar hasta las trancas por alguien: estar enamorado.

Andy sacudió la cabeza. A otro perro con ese hueso. Una sonrisa tridimensional lucía en su rostro cuando respondió:

—¡Quién te ha visto y quién te ve, calvorotas! —Y a continuación, le obsequió una caída de pestañas rubricando el tono fingidamente bromista de la conversación.

Con el pelo enmarañado, la chaqueta plagada de pintitas rojizas producto del accidente con la salsa para las perdices de uno de sus aprendices, y aquel enorme vaso de batido energético que le había preparado Tina, Ciro era la viva imagen de un perturbado mental. Dylan ya había empezado a reír antes de que él dijera nada. Solo con verlo.

—Vaya nochecita, ¿eh?

Al chef ya se le había pasado buena parte del estrés. No tenía la menor idea de lo que Tina le había puesto a aquella bebida que se estaba metiendo por el gaznate, pero le estaba sentando de maravilla.

—Mira quién fue hablar… ¿Han secuestrado a mi prima? Sería la única explicación para que estés aquí conmigo, en vez de pegado a ella comiéndotela a besos. Qué tío. ¡La vas a gastar!

Era cierto. Ni él mismo se reconocía tan pegajoso. Le gustaría poder achacarlo al prolongado remojo en alcohol en el que sus células llevaban desde por la mañana, todo un cambio a su autoimpuesta sobriedad de los últimos meses, pero sabía perfectamente que no era el caso.

—Tenía que ir al baño y aunque como te imaginarás me ofrecí a acompañarla, no hubo suerte —admitió el irlandés con descaro. Lo que sí estaba relacionado con el nivel de alcohol en sangre era que cinco cervezas y tres copas de vino más tarde, su habitual sinceridad se había agudizado. Dylan soltó una carcajada sin poder evitarlo.

—¡Estás hecho todo un caballero! —Ciro le palmeó la espalda al tiempo que reía a mandíbula batiente—. Tú insiste que igual más tarde te deja…

Dylan asintió complacido.

—Tranquilo, que insistiré. Y antes de que se me olvide, todo estaba para chuparse los dedos, pero esa quiché de sobrasada…. —A Ciro se le iluminaron los ojos como siempre que alguien alababa su cocina—. Habría acabado yo solo con la fuente entera y a Andy también le gustó, así que me tienes que enseñar a hacerla…

—Claro, cuando quieras. Mañana pienso dormir todo el día, pero…

El sonido del móvil de Dylan interrumpió la conversación. Él se extrañó al ver de quién se trataba.

—Voy a salir porque aquí hay mucho ruido —dijo—. Luego vuelvo…

Dylan se puso en marcha.

—Clinton, ¿qué tal? Hace un rato estuve hablando con tu hijo. Creí que andabas por ahí…

—*Me lo dijo. No, yo estaba atrapado en un atasco* —Dylan abandonó el restaurante. Hacía frío y estaba lloviznando, pero al menos lo escuchaba bien. Se puso a reparo bajo el techo que protegía la entrada del restaurante y aprovechó para encender el primer cigarrillo de la noche—. *Te llamo… Bueno, además de para desearte una buena salida de año y esas cosas, para comentarte algo que estoy seguro de que te encantará oír…*

Nada de buenos deseos. Si aquel hombre lo estaba llamando, la razón solo podía ser una; negocios en vista.

—Te escucho… —Dylan le dio una buena calada a su *Marlboro* y expulsó el humo despacio.

—*Me han llamado del despacho de Mukhtar al-Alabbar. Su grupo tiene en mente un proyecto inmobiliario en Baleares y están interesados en hablar contigo. Les gustaría que te ocuparas de la parte domótica. Estarán en Menorca la semana que viene y quieren reunirse contigo.*

Vaya. Menuda sorpresa. Dylan se preguntó qué clase de proyecto era el que planeaban. Su interés ya alcanzaba niveles estratosféricos solo con pensar en seguir dedicándose a su trabajo ideal sin tener que irse al fin del mundo. Pero enseguida cayó en la cuenta de que allí faltaba un elemento importantísimo.

—Baleares es territorio de Francesc Estellés, Clinton. Y, como sabes, resulta que está casado con una mujer cuya familia es la mayor constructora del país. Habla con ella y si llegáis a un acuerdo, estaré encantado de participar en una reunión a la que asistan todas las partes.

Hubo un largo silencio que al irlandés no lo tomó por sorpresa.

—*No era esa la idea original, Dylan* —respondió Clinton al cabo de un rato.

Y que lo digas, amigo.

—Me lo imagino. Pero, como comprenderás, no voy a programar un solo código para un proyecto inmobiliario que se desarrolle en estas islas si no cuenta con la participación o, al menos, el beneplácito de los Estellés.

—*Los árabes te quieren a ti, Dylan. Vienen por ti. Siguen empeñados en llevarte a Dubai y están convencidos de que si trabajas para ellos, conseguirán encandilarte con sus condiciones y sus recursos. Aunque no fuera así, ellos asumen el riesgo, tú saldrías ganando y yo también, ¿por qué complicar las cosas con un tercer inversor?*

¿Un tercer inversor? Tenía gracia que a un grupo de personas potencialmente capaces de joderle la vida y jodérsela bien se refiriera con el aséptico calificativo de "tercer inversor".

—Ya te dije en su momento cuáles eran mis razones y no han cambiado ni cambiarán. Si me quieres en esto, tendrás que seguir el protocolo. Lo siento.

Oyó que el padre de Evel exhalaba un largo suspiro antes de responder.

—*No sé qué opinarán los árabes de este asunto, Dylan. Es una situación bastante irregular.* —Hizo una pausa dramática que no obtuvo el efecto esperado sobre su interlocutor—. *Muy bien. Me pondré en contacto con los socios españoles.*

—Con los socios españoles, no —precisó Dylan—, con Lucía Oriol. Ella es la cabeza visible de la empresa en Baleares. Si aceptas mi consejo; puentearla no es una buena idea.

El primer turno de cenas -como Ciro había dado en llamar al retraso de la familia de Pau por parte de madre que lo había obligado a cocinar por tandas- ya había terminado de degustar exquisiteces y los más jóvenes, Danny y Alba, estaban en el escenario pinchando música para adolescentes fiesteros, mientras los adultos disfrutaban de la sobremesa, esperando al resto de la familia que ya no tardaría en llegar.

La pequeña Luz había aguantado sonriente buena parte de la noche, pero el sueño y la inflamación de sus encías debido a un proceso de dentición temprano acabaron por ganar la mano. Lloriqueaba y no se estaba quieta en ningún lado más que unos pocos minutos, a pesar de que se turnaban para tenerla en brazos, su situación predilecta.

—Ven conmigo, preciosura —dijo Pau tomando a la llorosa Luz de brazos de su hermana Anna—. Tan pequeña y ya te están dando guerra los dientecitos, ¿eh?

—Igual que su madre —comentó Anna, acariciando la cabeza de la pequeña—. Sonia fue precoz para todo, dientes, gatear, andar, hablar… —Incluso para morir. La mujer se apresuró a apartar aquel pensamiento de su mente. Su ausencia le parecía infinitamente más pesada ese día.

—¡Muerde, pequeña! ¡Dale con rabia que no le duele! —intervino Neus, entregándole a la pequeña el mordedor, una tortuga con tutú y lacito en la cabeza que le había regalado Danny.

Dicho y hecho. Para regocijo de todos, la pequeña se llevó la tortuga a la boca con ansias y dejó de llorar.

Fue en aquel momento que Pau se percató del hombre que estaba en la entrada del salón, escrutando el interior. Dejó a la niña en brazos de Neus y se puso de pie.

—Enseguida vuelvo —dijo al tiempo que se alejaba de la mesa.

Desde que las hermanas habían visto la interacción entre Pau y Tina estaban a la expectativa, deseosas de ver si se producía alguna otra, así que las dos siguieron a su hermano menor con la mirada cuando se dirigió a la entrada del salón. Pronto descubrieron que no se trataba de nada relacionado con la amiga de Andy, sino con un hombre alto, en la cincuentena, de cabello corto y barba, ambos plateados en canas.

Neus frunció el ceño.

—¿Ese no es Jaume? —dijo, y se volvió a mirar a Anna.

La expresión del rostro de su hermana le confirmó que estaba en lo cierto. El elegante caballero era el mismísimo Jaume Mayol en persona.

Andy venía del tocador de señoras, sin escoltas irlandeses ya que a Dylan lo había dejado conversado con el chef a través de la pequeña ventana que usaban los camareros para comunicarse con la cocina. Allí se dirigía, cuando oyó a Ciro expulsando de la cocina a Tina a la voz de "¡Sirenas fuera!". Un instante después la entrenadora apareció en su campo visual, tronchándose.

—¡Vale, vale, tranquilo que ya me voy! —Y al ver a Andy, la tomó del brazo y dijo con retintín—: ¡Ah, qué raro, tú solita por aquí, sin manos que te abracen ni bocas que te besen! ¿Dónde has dejado a tu irlandés?

—¿No está con Ciro? —Tina negó con la cabeza. Allí solo había media docena de cocineros histéricos, preparando el segundo turno de cenas—. ¿Y tú, qué? ¿Intentando esconderte de los ojos más alucinantes de la isla? —dijo la muchacha, a su vez.

Notó la mirada de refilón que le obsequiaba su amiga y sonrió para sus adentros.

—¿Y ese bombonazo quién es? —preguntó la entrenadora.

—Vaya, admites que mi tío está de toma pan y moja. Vamos avanzando. Algo es algo…

—¿Qué… quién? —¿Lo decía en serio? En tal caso solo había una explicación—: Tú deliras, Hermosa. —Tina tomó a Andy por la barbilla y le hizo girar la cabeza en la dirección correcta —. Hablo de *ese* bombonazo que está con tu madre.

Andy elevó las dos cejas a un tiempo. Alto, con un sobrio traje oscuro, la cara tostada como si acabara de llegar de algún destino tropical y una barba completa, de esas muy cuidadas y muy cortas que perfilan perfectamente el rostro. Conversaba animadamente con Anna y Neus, que sostenía a Luz en brazos.

—No tengo la menor idea, no lo he visto en mi vida, pero está claro que él conoce a mi madre.

—¿Vamos a averiguarlo? —propuso Tina, comedida.

Andy esbozó una sonrisa pícara y las dos amigas se pusieron en marcha.

En efecto, Anna y el bombonazo se conocían. Hechas las presentaciones, que por deferencia a Tina se realizaron en inglés, las amigas se enteraron de que el hombre respondía al nombre de Jaume y que era una viejo conocido de los Estellés. Sin embargo, algo en la mirada del cincuentón, dueño de unos ojos verdes que no pasaban inadvertidos, y en la permanente sonrisa de su madre, le decían a Andy que había más que una vieja amistad entre las familias. Hecho que quedó confirmado poco después…

—Qué sorpresa verte aquí, Jaume. Te miro y no acabo de creerlo —dijo Anna. Ignoró por completo la cara sonriente de Neus, que hacía que jugaba a quitarle el mordedor a la pequeña Luz y en realidad se estaba riendo de puro gusto ante lo que presenciaba.

—Espero que sea una sorpresa grata —repuso él, en lo que Andy le pareció un flirteo de lo más elegante, pero enseguida continuó—: Acabo de llegar de Estados Unidos. Esta mañana me encontré con tu hermano en el almacén de materiales y me invitó a venir. Me dijo que habías vuelto a Menorca y que estabas bien, pero "bien" no te hace ninguna justicia. Estás fantástica, Anna. Los años no pasan para ti.

Andy espió con disimulo la reacción de su madre y el rubor de sus mejillas le llegó al alma.

Un instante después, el pellizco en la cintura que recibió de Tina le confirmó que las dos estaban pensando exactamente lo mismo.

—¡Ah, estabas aquí! —dijo Andy.

Dylan, que acababa de hablar con Clinton Rowley, volvió a guardar el móvil en el bolsillo interior de su chaqueta y ni corto ni perezoso rodeó la cintura de su chica con los dos brazos. Claramente, no tenía la menor intención de regresar a la fiesta.

Ella respondió acurrucándose contra el pecho del motero, lo que dejó claro que tampoco tenía interés en volver al bullicio.

—Espera… —Dylan se apartó para poder quitarse la chaqueta. A continuación se la puso sobre los hombros a una Andy a punto del colapso amoroso—. Hace frío en esta isla hoy…

—Y encima, un caballero —murmuró la joven rezumando amor por los cuatro costados—. Chico, qué escondido lo tenías…

Dylan rió bajito. Si encuestaran a las mujeres que habían pasado por su vida, seguro que no opinarían lo mismo. No era un caballero. En todo caso, nunca había sentido la necesidad de serlo… Hasta ahora y con ella. Solo con ella. Pero, no pensaba decirlo. Lo que sí pensaba hacer era intentar aprovechar el momento.

El irlandés se acercó al rostro femenino lentamente, como un cazador se acerca a su presa. Sus ojos recorrieron el contorno de los labios femeninos.

—Así que te gusta que haga estas cosas… —El aliento ardiente abrasó el rostro de Andy tanto o más que aquella mirada que la estaba desnudando.

—Todo lo que haces me gusta… —Ella, instintivamente, cerró los ojos y una descarga de deseo sacudió a Dylan de pies a cabeza.

—Tomo nota.

Cuando la tensión sexual estaba por las nubes sin vistas de descender, los dos sonrieron de pura desesperación. Dylan sacudió la cabeza y miró a otra parte. Los ojos de Andy se quedaron colgados en aquel perfil tremendamente masculino. Fue consciente de que sus niveles de abstracción empezaban a alcanzar cotas alarmantes y de que todavía les quedaba mucha noche por delante, rodeados de familiares y amistades. Respiró hondo.

—¿Hablabas con tu casa?

La mirada de Dylan regresó a Andy. Él volvió a sacudir la cabeza en parte desesperado y en parte asombrado. Si ella supiera qué inspiradores le resultaban esos drásticos cambios de tema de los que echaba mano cuando las cosas se ponían calientes entre los dos...

Consideró decirle la verdad, pero enseguida cambió de idea. Sabía que Andy iba a ilusionarse y todo estaba demasiado en el aire todavía para echar las campanas al vuelo.

—Negocios.

—¿Está todo bien? No me digas que tienes que volver a Francia antes de tiempo...

Él se apresuró a tranquilizarla y lo hizo al estilo Dylan:

—Por mí, como si se cae el mundo. Soy tuyo los próximos diez días.

—Ah, vale —sonrió más tranquila—. ¿Has vuelto a hablar con Shea?

—No.

La pareja permaneció mirándose a los ojos un instante y al fin, Andy introdujo la mano en el bolsillo de la chaqueta y sacó el móvil de Dylan.

—¿Puedo? —le dijo con una sonrisa dulce.

Él asintió sin apartar su mirada. Las ganas de devorarla crecían a la carrera desde que había puesto un pie en la isla y ahora, que con sus modos suaves volvía a tender un puente entre él y su familia, sencillamente, hervía en amor, en admiración, en toda aquella mezcla de sentimientos que experimentaba por ella y solo por ella.

—¡Feliz año nuevo! —exclamó Andy, anticipándose a la hermana de Dylan. Acto seguido puso el aparato en manos libres.

—*¡Igualmente! ¡Me alegra oírte! ¿Qué tal está tu familia?*

—Están todos muy bien, gracias. De fiesta, celebrando el fin de año por todo lo alto... Esto es una locura —repuso Andy.

—¿Y mi hermano? ¿Está contigo o los franceses lo tienen secuestrado?

Dylan depositó un beso tierno sobre la coronilla de Andy que lo miró sorprendida.

—¡Está conmigo, al fin!… Que los franceses ya lo tienen bastante el resto del tiempo.

—Feliz año, Shea —intervino Dylan—. ¿Qué tal todo por ahí?

—Hola, hermano… ¡Igualmente! Estamos bien… Siguiendo las tradiciones, como siempre, ya sabes…

—¿Y tú…? ¿Tus cosas, bien?

—Bueno, un divorcio no es plato de gusto para nadie, pero supongo que estoy bien…— Tras un silencio incómodo, Shea continuó—: *Oye… Iba a llamarte más tarde, cuando reuniera valor.*

Andy vio cómo se transformaba la expresión de Dylan, cómo brillaban sus ojos y se suavizaba la expresión de su rostro. Le frotó el estómago en un gesto cariñoso.

—Ya, supongo qué sé a qué te refieres. Es muy Mitchell. Menos mal que tenemos a la constructora de puentes, que si no… —reconoció él echándole una mirada enamorada a su chica.

La risa de Shea confirmó que los dos pensaban lo mismo.

—Ah, no, no, no… De eso, nada —terció Andy—. Me encanta veros en acción, lo admito, pero yo no he hecho nada, chicos. No es fácil retomar la comunicación después de tanto tiempo, así que ni se os ocurra quitaros el mérito. Es todo vuestro y de nadie más.

Dylan estrechó el cerco de sus brazos en torno a la cintura de Andy en un gesto cariñoso.

Shea tomó la palabra.

—Los Mitchell no destacamos por nuestro nivel de comunicación, pero, como dice el refrán, nunca es tarde. —Hizo una pausa y añadió—: *Espero que no te importara lo de la carta, Dylan. Había cosas que quería decirte y no estaba segura de que…*

Shea no completó la frase. Resultaba ridículo que a los treinta años, todavía hubiera cosas de las que le resultaba difícil hablar de viva voz con su propio hermano. Sin embargo, por ridículo e incomprensible que pudiera parecer, así era.

La carta era más bien una nota, como correspondía a la persona práctica que era su hermana, que en resumen venía a decir que le agradecía todo lo que había hecho por ella y le prometía que continuarían en contacto, que no permitiría que volvieran a pasar tanto tiempo sin noticias el uno del otro. Apenas unos párrafos que Dylan sabía perfectamente que a Shea le había costado Dios y ayuda escribir, lo cual hacía aquella nota aún más valiosa para él.

El irlandés se apresuró a salvar el momento.

—Qué va. Me gustó leerla. Iba a llamarte, pero han sido dos semanas de no parar.

—*Sí, sé que has estado muy atareado, no te preocupes… ¿Y tú qué tal? Imagino que estarás en tu isla bonita unos cuantos días antes de volver al trabajo, ¿no?*

—Diez días, sí —respondió él y sonó tan complacido como lo estaba. Tanto que Andy sonrió con picardía—. No veía la hora de llegar. ¿Y al final has decidido algo sobre Londres?

—*Estoy en ello. Erin está casi de acuerdo pero, ya sabes, la oposición es fuerte. Imagino que cambiará así que…* —No aclaró a qué se refería por "la oposición", pero a Dylan no le hacían falta aclaraciones.

—Probablemente, no. No es de los que cambian de idea, Shea. Bueno, Andy y yo estaremos unos días en Londres en primavera… A lo mejor podemos vernos, ¿no?

—*¡Eso sería fantástico! Seguro que consigo que Erin también se apunte* —rió—. *En la vida reconocerá que te echa de menos, en eso es igual a papá, pero sé que mi viaje a Menorca le ha dado una envidia horrible…*

—¿Ah, sí? ¿Y cómo lo sabes?

—La pillé hablando por teléfono con su amiga del alma. Imagínate, escuchando a hurtadillas detrás de las puertas... Lo que hay que hacer en esta familia para enterarse de las cosas. Guárdame el secreto, que si se entera me mata.

Dylan se echó a reír. Le resultaba extraño estar hablando con su familia como la gente normal. Para él se trataba de algo totalmente nuevo. Y una razón más para adorar a la constructora de puentes porque, dijera lo que dijera, sin su intervención, aquello difícilmente estaría sucediendo.

Andy, ajena a los pensamientos de Dylan, continuó disfrutando del momento "hermanos en acción" con una sonrisa feliz.

⚍⚍⚍

Francesc Estellés y su familia política, acompañados de Roser, habían llegado hacía un rato, con más de una hora de retraso. Toda la lista de familiares estaba al completo y el ambiente estaba muy animado.

Andy y Dylan habían regresado a la sala en plena degustación de productos del mar a la que se unieron sin dudarlo porque apenas habían probado bocado de las exquisiteces del primer turno de cena. Habían tomado un solo plato para compartir y en él iban sirviendo los distintos aperitivos.

—¿Sigues de morros con el atún, verdad? —comentó Andy al tiempo que se inclinaba a inspeccionar el contenido de la elegante fuente de porcelana tras lo cual sirvió cuatro raciones con gesto goloso—. Pues, entonces, no te importará que me coma los tuyos...

—Cómete lo que quieras. Mientras sea mío... —respondió, comedido.

Andy soltó una carcajada ante el doble sentido de su chico.

—Anda, sé bueno. No me tientes que nos queda mucha noche por delante… ¿Con el cangrejo tienes algún problema?

—Ninguno.

La joven usó las pinzas para servir los bocaditos en el plato.

—Perfecto, otros cuatro para el bote. ¿Tartar de salmón estilo Ciro Montaner? —Dylan asintió—. ¿Langosta?

—Ñam —fue toda la respuesta del irlandés en esta ocasión.

Ella lo miró con un ojo entrecerrado al tiempo que blandía las pinzas con actitud amenazadora. Dylan empezó a reír.

—¿Qué? ¿Qué he dicho?

—Perdona, guapo. Nada de "ñam". Esa palabra solo puedes usarla cuando se trata de mí, ¿te queda claro?

—Y luego tú vas y me pides que no te tiente…

Dylan ya le había pasado un brazo alrededor de la cintura cuando un voz interrumpió el enésimo momento romántico de la noche.

—Dale un beso a tu abuelo, Andy —pidió Francesc Estellés al tiempo que se inclinaba para ofrecerle su mejilla.

La muchacha no se lo hizo repetir.

—¡Hola, feliz año! ¿Ya estáis por aquí? No os había visto… Pau nos comentó que el avión llegaba con retraso.

Todos los Martí y parte de los Oriol estaban ya allí notó Dylan, haciendo relaciones públicas como correspondía a familias importantes de la región.

El setentón torció el gesto.

—¿A quién se le ocurre coger un vuelo tan tarde el último día del año? Pero si lo digo en voz alta, tu abuela monta en cólera, así que mejor tener la fiesta en paz… —estrechó la mano del irlandés con una efusividad que a la pareja sorprendió bastante —. ¿Qué tal, Dylan? ¿Al fin te han liberado los franceses?

—Al fin.

—Me alegro. Nuestra niña aquí presente andaba muy alicaída —Andy puso cara pícara— así que, seguro que te acaparará los próximos días. Por las dudas, no hagas muchos planes.

—Mi plan es ella, ya lo sabe —aseguró Dylan. Sus ojos volvieron a derretir a Andy por sectores.

—Bueno —apuntó Estellés—, y algún cerramiento de patio que tienes por ahí pendiente y no sé qué de una reunión con un grupo saudí que me ha comentado mi mujer…

Dylan asintió; Clinton Rowley y su velocidad supersónica de movimientos cuando se trataba de dinero.

Andy miró a los dos hombres consecutivamente.

—¿Se puede saber de qué habláis? —preguntó, intrigada.

—Que te lo cuente él. Yo solo añadiré una cosa: buena jugada, Dylan —y al ver al hombre que conversaba con su hija mediana al otro lado del salón, pensó en voz alta—: ¿Ese no es Jaume Mayol?

Andy comenzó a reír.

—Así es, y está aquí por expresa invitación de un tal Pau Estellés, ¿te suena de algo?

—Este hijo mío… —Francesc sacudió la cabeza asombrado— ¿A quién habrá salido tan casamentero?

Dylan no ocultó su sorpresa. Conocía muy poco al tío de Andy -y lo que había conocido de él no había sido precisamente de su agrado-, pero casamentero asociado a Pau Estellés en una misma frase no tenía el menor sentido para él. Claro que tampoco sabía quién era Jaume Mayol.

Andy hizo las aclaraciones oportunas.

—Al parecer, es un antiguo novio de mi madre —comentó en voz baja, en plan secreto. Dylan supo de inmediato que a su chica le encantaba la idea de que Pau estuviera haciendo de Cupido.

—Y yo sigo siendo el padre de tu madre, así que voy a acercarme a saludar a Don Jaume, a ver qué tal le va la vida —sentenció Estellés más que complacido.

—Así que un antiguo novio… —dijo Dylan mirando al abuelo de Andy que enfilaba directo hacia el lugar donde Anna conversaba animadamente con un hombre de unos cincuenta años, de cabello canoso, que vestía un elegante traje oscuro.

—Así que una reunión con un grupo saudí… —repuso ella con picardía al tiempo que le ponía en la boca un canapé de cangrejo que el irlandés saboreó con gusto.

Dylan sirvió dos copas de vino y le entregó una a su chica. Seguía sin gustarle la idea de lanzar las campanas al vuelo tan pronto, pero, por lo visto, las noticias corrían raudas entre los miembros de su familia.

—Era Clinton Rowley con quien hablaba —al ver que la sonrisa femenina se ensanchaba, Dylan se apresuró a hacer las aclaraciones oportunas—: A las palabras se las lleva el viento y de momento no hay nada firmado, ¿de acuerdo?

Ella asintió cada vez más interesada.

—¿Recuerdas esos inversores árabes que te dije que fui a ver a Barcelona al día siguiente de la boda de Dakota? —La muchacha volvió a asentir con la cabeza y le acercó otro canapé a la boca que desapareció en un segundo igual que lo había hecho el anterior—. Mmm, esto está buenísimo… Le tengo que pedir a Ciro la receta… Bueno, la cuestión es que van a hacer algo en Baleares, todavía no sé qué ni dónde exactamente, pero quieren que yo me ocupe de la domótica.

No acabó de decirlo que Andy ya estaba dando saltitos de alegría. Dylan esperó a que la exhibición de júbilo acabara para recalcar:

—¿Has oído la parte en que decía que no hay nada firmado todavía?

Ella se puso de puntillas y esta vez lo que acercó a la boca de Dylan fue un beso.

—Y tú, ¿has oído a mi abuelo decir que había sido una jugada brillante? No sé a qué se refería, pero a mí me suena muuuy bien… ¿A qué se refería, por cierto?

—Dijo "buena", no "brillante", preciosa.

—¿Estás de broma?, ¿en boca de Francesc Estellés? Bueno es mucho más que bueno, es buenísimo, ¡es fenomenal!

—Estás contenta, ¿eh?

Andy asintió varias veces con la cabeza, pero aunque no hubiera sido tan gráfica, su enorme sonrisa habría hecho las veces a la perfección.

—Te encanta la domótica y yo no quiero que lo dejes por mí.

—No lo dejo por ti. —Dylan volvió a mentir igual que había hecho todas las otras veces que había surgido el tema entre los dos—. Mi contrato se acaba.

Andy apoyó el plato sobre la mesa del bufé y también dejó su copa. Miró a Dylan a los ojos.

—Sí que lo haces. ¿Y sabes qué es lo peor? Que tenías razón. —Bajó la vista. Sus dedos desabrochaban y volvían a abrochar el primer botón del chaleco de Dylan, quien no conseguía apartar los ojos de ella, tan atrapado estaba en lo que intentaba decir—. La idea de pasarnos la semana cada uno en un país distinto me vuelve loca. Loca de remate. Honestamente, pensé que podría, que al final acabaría acostumbrándome, pero... —Negó con la cabeza—. Y eso me desespera, ¿sabes? Porque no puedo seguirte al fin del mundo que es lo que de verdad desearía poder hacer... Así que necesito un milagro, necesito que esta isla te ofrezca las mismas posibilidades que te da Niza y que no tengas que renunciar a nada. Que ninguno de los dos tenga que hacerlo.

Cuánto habían cambiado las cosas en tan poco tiempo... A Dylan le alegraba la idea de poder dedicarse a la domótica y al mismo tiempo disfrutar de su nueva casa y su nueva vida en la isla. Pero si ya entonces había tenido claro que su nueva vida le importaba más que todo lo demás, el paso del tiempo no había hecho sino reforzar la certeza. Simplemente, ya no se sentía capaz de estar lejos de Andy. Ni siquiera unos días. No había dinero ni proyecto capaz de separarlo de su lado.

—Lo que consiguen once días a dieta, ¿eh? —Le rodeó la cintura con ambos brazos y la estrujó contra él en broma—. Así que ahora somos dos los desesperados, fíjate qué bien. ¡Vamos a ser el terror de los alféizares! —festejó el irlandés.

—¿Más?

Dylan se mordió los labios de pura desesperación.

—Aisssss, nena… ¿En serio que no quieres que te acompañe al baño? —suplicó.

Y Andy empezó a reírse de los nervios.

Con muy buen tino, Pau había ofrecido su pequeño discurso de anfitrión tan pronto sus padres y sus tíos por parte de madre llegaron a Sa Badia. Después de agradecerles su presencia en el lugar y de expresar sus deseos de que disfrutaran de una noche tan especial, habló de su alegría porque Anna y sus hijos hubieran regresado a su tierra, de la gran satisfacción que sentía porque la familia menorquina creciera con la llegada de su propia hija, Alba, y también tuvo palabras de cariño para los que ya no estaban físicamente en la familia. Ese fue el único momento de la noche en el que un velo de tristeza se cernió sobre el lugar. El único momento en el que los ojos de Anna se llenaron de lágrimas y la emoción se adueñó de ella. Andy fue la primera en abandonar su silla y abrazar a su madre. Pronto se unieron Danny y Tina. Fueron apenas unos instantes que conmovieron a todos, a Dylan de manera especial ya que lo que presenciaba desde el otro lado de la mesa que compartían, distaba kilómetros del perfil amable, siempre sonriente, que conocía de Anna Avery.

A tres minutos para que finalizara 2009, el ambiente era de completo júbilo. Todos se habían engalanado con el contenido de sus respectivas bolsas de cotillón - sombreros multicolores, antifaces, pajaritas de lentejuelas y guirnaldas-, y pertrechados de sprays de serpentina, silbatos y espantasuegras esperaban el gran momento. Como era tradición en el país, cada comensal había recibido sus doce uvas de la suerte con las que acompañaría cada una de las últimas doce campanadas que conducían al año nuevo. Pau hizo las veces de maestro de ceremonia, guiando desde el micrófono el mismo ritual que en todos los canales nacionales llevaban a cabo presentadores vestidos con sus mejores galas.

Cuando cayó el último minuto y Pau exclamó "¡Feliz año a todos!", familia de distintos grados de consanguinidad, niños y adultos, se fundieron en abrazos, saludándose el nuevo año con los consabidos dos besos acostumbrados por los españoles, al tiempo que explotaban globos, volaban serpentinas y la música del DJ francés David Ghetta sonaba atronadora, acompañando a los allí presentes directamente al flamante 2010.

Para la familia Estellés y, en especial para su cabeza visible empresarial, el tío de Andy, había sido un año de grandes consecuciones y eso estaba patente en su ánimo: no solo había quedado a cargo de las empresas del grupo tras el retiro de su padre, había conseguido al fin reunir a su familia trayendo a la isla a su hermana Anna y sus hijos, y como colofón a años de lucha en los juzgados, la pequeña Alba volvía al hogar de Pau después de que el juez le concediera la custodia de su única hija. Tenía sobrados motivos para estar exultante.

Dylan y Andy continuaban en su universo particular. La experiencia del amor era nueva para los dos y en el caso de Dylan, además, se había tomado su tiempo. Estaban allí, y a la vez, no estaban. El alcohol y los ánimos de celebración habían conseguido que todos se relajaran y se divirtieran por igual, incluso los menos afectos a los excesos, como Roser que dejó a Dylan con la boca abierta cuando se acercó a la pareja con una sonrisa y después de besar a su sobrina, se puso de puntillas para hacer lo propio con él.

—Dios sabe que detesto tus tatuajes… Y tu cabeza rapada, pero es año nuevo y trae mala suerte no tener buenos deseos —le plantó un beso en cada mejilla—. ¡Que tengas feliz año nuevo… y que te crezca el pelo! —sentenció la solterona, y empinó su copa hasta el fondo, tras lo cual siguió camino repartiendo bendiciones entre todos los presentes.

Andy se echó a reír de tal forma que a punto estuvo de sufrir un ataque de tos. Mucho más asombrosa que la reacción de aquella mujer enervante que tenía por tía, era la cara que se le había quedado a Dylan, lo que sumado al bombín amarillo chillón y a la gigantesca pajarita a juego, plagada de lentejuelas azules y verdes, que lucía, le daban aspecto de acabar de escaparse del set de grabación de una película de payasos. Una imagen muy distinta del motero sexy y ligón que había conocido hacía diez meses y del que estaba locamente enamorada.

—¿Que me crezca el pelo? ¿Qué clase de deseo es ese? —se burló al tiempo que miraba alucinado a la mujer que se alejaba con aquel sombrero de bruja que era tan acertado en su caso como ridículo—. Lo dejaré correr porque está claro que le ha dado un buen lingotazo al cava…

—¡Ya te digo si le ha dado al cava! —exclamó Andy, llorando de la risa.

Una hora después de las campanadas, Sa Badia estaba de bote en bote. Los cien invitados de Pau Estellés habían llegado, y repartidos por los distintos salones, bailaban al son de la música discotequera que estaba pinchando el DJ contratado para aquella noche. Corría la buena bebida, los tentempiés de calidad, y en el ambiente no solo se respiraba alegría, sino esperanza porque el nuevo año trajera sueños conseguidos y proyectos realizados.

Fue entonces cuando Andy sorprendió a Dylan con un beso en cada mejilla. Él la miró con picardía. Estaba claro que Hermosa también le había dado al cava a discreción. Tenía los ojitos pequeños y brillantes, y aquella sonrisa permanente que la volvía adictiva.

—Feliz año, mi amor —dijo ella, poniéndose de puntillas.

Aquellas dos palabras fueron la guinda del pastel para Dylan. Como todas las otras veces que las había oído, una explosión de pequeñas burbujas recorrió cada terminación nerviosa de su cuerpo, llenándolo de sensaciones inéditas. Y él, que no necesitaba de excusas para acortar las distancias, ignoró completamente el ritmo marchoso de la música y rodeó el talle de su chica con un brazo, apretándola de forma muy sugerente contra él.

—Vaya, vaya, vaya… —dijo—. Parece que el cava te ablanda más rápido que el vino. Dime, ¿ya estás lista para que te mime en condiciones o me tendrás en dique seco una hora más?

El apretón sí que había sido "en condiciones", pensó Andy. Podía sentir el cuerpo de Dylan pegado al suyo, especialmente de cintura para abajo, y no, no necesitaba estímulos extras para estar lista. Nunca los había necesitado con él.

—¿Mimarme en condiciones? —repuso a su vez, juguetona.

Dylan apretó el cerco de su brazo aún más. Le encantaban sus juegos. Este en particular venía a informarle que el dique seco estaba a punto de acabar. Dijera lo que dijera Hermosa.

—Yo pregunté primero.

Estaban parados en medio de una concurridísima pista de baile. Mientras los demás sacudían el esqueleto eufóricos, ellos estaban parados, quietos. Sin bailar, sin moverse… Un tiarrón fornido y una princesa gótica que a pesar de calzar unas plataformas que parecían escaleras escasamente le llegaba al pecho, altura que a él le brindaba una visión panorámica del escote de la princesa, y a ésta, gracias al brazo que la mantenía firme, una evaluación bastante realista de lo que tanta cercanía y tanto alcohol estaba provocando más allá de la cintura del tiarrón.

Madre del Amor Hermoso.

—El cava me ablanda más rápido que el vino —confirmó, traviesa—. Rara vez lo bebo y…

—Tomo nota —repuso él, interrumpiéndola.

Decidido; se agenciaría un par de botellas para continuar la celebración en casa.

—Por si no te has dado cuenta, estamos en medio de la pista de baile y no estamos bailando…

—Pues, bailemos. Tus deseos son órdenes, Hermosa. —Y ni corto ni perezoso, Dylan empezó a guiar una especie de danza lenta que no solo no se adecuaba para nada al ritmo de la música, sino que los ponía aún más en evidencia que la inmovilidad.

Curiosamente, hacía tres segundos que eso había dejado de importarle a Andy. El movimiento cadencioso, el aroma marino con un toque mentolado de su colonia, el calor de su respiración sobre la frente, su cercanía… Todo se confabuló para adormecerle la razón y que se dejara llevar; Andy le pasó los brazos alrededor del cuello. Él instintivamente agachó la cabeza. El movimiento hizo que su gracioso bombín, que aún llevaba puesto, cayera al suelo. Ya no había rastro de humor en la interacción de la pareja. Ella seguía siendo una hermosa princesa gótica y él volvía a ser el hombre sexy.

—Mimarte en condiciones, sí, eso he dicho —susurró él, retomando la conversación. Él se había agachado para adaptarse un poco más a la altura de Andy. Sus labios estaban cerca de la oreja femenina, no lo bastante para rozarla, pero intuir su proximidad hizo que ella se estremeciera. El sentido de sus palabras la hicieron estremecer aún más.

—¿Es por eso que haces… todo lo que haces?

Andy se acomodó en el abrazo de Dylan, volvió la cabeza de cara a él. Tras apoyar el perfil de su rostro contra el pecho masculino, cerró los ojos. Lo sintió respirar hondo y estrechar el abrazo, y lo dejó hacer, embriagada por lo que sentía. El mundo entero acababa de desaparecer de su mente, de sus sentidos. Y para que constara, el cava no tenía nada que ver en eso.

—Todo, ¿qué? ¿Intentar meterte mano a cada rato? —Dylan se agachó un poco más. Su boca estaba pegada a la frente de Andy cuando dijo—: No te quepa la menor duda.

—Ya... Me refiero a los regalos... A ocuparte de Danny y complacer a mi madre... A no llevarle la contraria a mi tío... —Su voz fue un murmullo envuelto en un largo suspiro—. ¿Es por lo que te dije ese día... lo de que ibas a tener que mimarme mucho?

—Tus deseos son órdenes, ya lo sabes...

Dylan dejó la frase colgando en el aire. En realidad, había sido una pausa necesaria. Sin embargo, Andy no lo tomó así. Tanto como le gustaba su practicidad, la sinceridad de que hacía gala que muchas veces rozaba el descaro... Tanto como le gustaba todo lo que tenía que ver con él, aquella frase había roto el momento. Como respuesta le resultaba claramente insuficiente. Como broma, inoportuna. Andy abrió los ojos y, esta vez, buscó su mirada.

Él rió bajito al tiempo que empezaba a sembrar de pequeños besos el rostro de su chica. Besos que la derretían por dentro, poco a poco.

—Tus deseos son órdenes —volvió a decir, pero esta vez no hubo pausas—. Me encanta darte el gusto porque me encantan tus agradecimientos... Algunos más que otros, todo hay que decirlo... —apuntó el cazador que vivía en él y al ver que ella lo miraba entrecerrando un ojo, se apresuró a añadir—: Pero no. Mmm..., digamos que complacerte es una consecuencia, no la causa...

—¿En serio...?

—En serio.

Andy respiró hondo, profundamente. Sentía el corazón latiendo a destajo en la garganta y todo su ser vibrando en anticipación.

—¿Y cuál es… la causa?

Dylan tragó saliva. Era el momento de decir algo que sentía hacía mucho tiempo, que le resultaba extraño y lejano y al mismo tiempo más real que nada que hubiera sentido jamás. Algo cuyas consecuencias se habían manifestado una y otra vez antes siquiera de que él se diera cuenta de por qué sucedían.

—Que te quiero con locura, una locura muy grande y muy loca —declaró con tal simpleza que sonó a algo obvio más que a una declaración romántica.

Una verdad apabullante expresada con sencillez que consiguió humedecerle los ojos y que, en medio de la emoción, Andy no pudiera evitar preguntarse cómo se las arreglaba aquel hombre para conmoverla tanto, para conmocionarla de semejante manera, sin discursos grandilocuentes.

Su emoción tuvo un efecto fulminante en Dylan que, por puro acto reflejo, se adueñó de la boca de Andy en un beso caliente al que ella respondió con igual avidez.

—¿Ves lo que quiero decir? Ríes y me vuelves loco. Lloras y me vuelves más loco todavía —susurró, apenas apartándose lo necesario para hablar—. Nunca he ido de cuerdo por la vida, pero esto es una puta locura… —Ahondó el beso en un arranque de pasión.

Pero, de pronto, el irlandés se detuvo. Andy demoró unos instantes en descolgarse del torbellino de emociones que la envolvía y abrir los ojos.

Y lo que vio a punto estuvo de devolverla al centro del tornado.

Dylan la había tomado por los antebrazos, manteniéndola a distancia de seguridad, y la miraba directamente a los ojos.

—Vámonos, nena… —suplicó—. Por favor, vámonos. Sácame de aquí antes de que pierda completamente la chaveta y tu tío empiece el año quitándose las ganas de molerme a palos. Por favor… —Lo que había empezado como un ruego acabó en una risa de desesperación.

Sin embargo, no fue al miembro de la Hermandad Aria perdiendo la cabeza lo que Pau vio, sino a su sobrina buscando sus besos como si no estuvieran rodeados por un centenar de personas.

—Dímelo otra vez —susurró Andy sobre los labios del irlandés—, y quizás te conceda el deseo. Dímelo otra vez… Vamos, dímelo otra vez…

Dylan se creció. Sus manos descendieron por el talle femenino, apretando carne, hasta cerrarse en un abrazo apasionado. Agachó la cabeza y volvió a acortar distancias.

—No sería muy sincero por mi parte —repuso, mordisqueándole los labios—. Estoy tan desesperado que te diría cualquier cosa con tal de…

—Pues dila —lo azuzó ella.

Aisssss, preciosa…

Primero fue un beso que la dejó sin aliento. Luego, una de sus manos resbalando por el perfil de sus piernas, posesivamente. Al fin, su aliento ardiente enredado en palabras.

—*T'estimo molt, nena.* Te quiero con locura. Te quiero, te quiero, te quiero…

¿Y también había aprendido a decirlo en menorquín? Diosssss…

Andy exhaló el aire en un largo suspiro. De todas las cosas perfectas del mundo, aquel momento y aquel hombre se llevaban la palma.

—¿Sabes una cosa, mi amor? —repuso—: Nos vamos.

Dylan respiró aliviado. Ella le regaló una sonrisa enamorada, pero en sus ojos refulgía un intenso deseo que sus siguientes palabras se ocuparon de mostrar.

—Corriendo, además. En plan ya, ya, ¡YAAAAAAAAAAAA!

Y ante la sorpresa de Dylan eso fue exactamente lo que sucedió; Andy lo tomó de la mano y echó a correr.

Su fuga no pasó desapercibida a nadie. Tampoco su ausencia, que se prolongó el resto de la noche y no sorprendió ni molestó a ninguno de los presentes.

Y mientras la pareja disfrutaba a conciencia del nuevo alféizar modificado de la casa de Dylan, en la famosa terraza panorámica del restaurante más icónico de Menorca, los fuegos artificiales continuaron celebrando por todo lo alto la llegada del nuevo año.

¿Y ya está, Patricia? ¿Se acabó, así, sin más?

Me encanta que empieces a conocerme tan bien ;) Desde el principio, las fans de la serie me venís pidiendo saber más de todos los personajes, no solo de los que han protagonizado sus propias historias. Me decís que "son como de la familia", me suplicáis -sí, en plan "por favor, por favor, por favor, Patricia"- que no finalice Moteros sin darle a esos personajes su momento de gloria, aunque sea brevemente, y lo hacéis con una pasión y una insistencia increíbles. No es ningún secreto que escucho las peticiones de mis lectoras con muchísima atención. Tampoco, que siempre busco activamente la forma de complaceros. Y por eso de que quien busca, encuentra... ¡la he encontrado! ¿Te gusta lo que lees hasta aquí? ¿Sí? ¡Entonces, te garantizo que lo que sigue te va a encantar! Escribe esta dirección web en la ventana de tu navegador para apuntarte a una nueva aventura de la Serie Moteros:

http://jeraromance.com/ASM

AGRADECIMIENTOS

En la introducción avanzaba que estos bocaditos extra que denomino "entre-historias" eran diferentes de los publicados hasta el momento en cuanto a su extensión y al hecho de que aparecen dos secundarios nuevos.

Existe otra diferencia importantísima; es la primera vez que incorporo una fase beta al proceso de edición. Se trata de lectoras muy especiales, todas ellas grandes lectoras del género romántico, que conocen mi trabajo y mi estilo en profundidad, y que se han apuntado generosamente a la nada sencilla tarea de ayudarme a crecer como escritora.

Por ellas existe esta página que, por cierto, también es la primera vez que incluyo en uno de mis libros. Existe porque se lo merecen, por sus valiosas aportaciones al manuscrito, por sus valoraciones respetuosas, cargadas de tanta objetividad como cariño y, sin duda, por las risas que se ocuparon de reducir la tensión propia de una escritora en su primera experiencia con lectores cero a niveles tolerables.

¡Sois grandes, niñas!

A mis queridas "betas" Verónica, Laura y Claudia, con todo mi cariño y un enorme, gigantesco GRACIAS.

Patricia Sutherland
Madrid, junio de 2017.

SOBRE PATRICIA SUTHERLAND

Su estreno oficial en el mundo romántico español tuvo lugar en abril de 2011, de la mano de *Princesa*, una novela que aborda el controvertido asunto de la diferencia de edad en la pareja, y que ha enamorado a las lectoras. Han sido sus apasionadas recomendaciones y su permanente apoyo, las que han convertido a *Princesa* en un éxito y a Dakota, su protagonista, en el primer héroe romántico creado por una autora española que cuenta con su propio club de fans en Facebook.

En noviembre de 2012, *Princesa* obtuvo el I Premio Pasión por la Novela Romántica. En dicho mes, asimismo, fue nominada en tres categorías, Mejor Novela, Mejor Autora Chicklit y Mejor Portada en el marco de los I Premios Chicklit España.

Un año más tarde, en noviembre de 2013, salió *Harley R.*, la segunda entrega de la Serie Moteros de la que *Princesa* es ahora el primer libro, una novela sobre el amor después del desamor y las segundas oportunidades. En febrero de 2014, *Harley R.* resultó ganadora del II Premio Pasión por la Novela Romántica y más tarde fue nominada al Premio Rosas Romántica'S 2013 y a los Premios RNR (Rincón de la Novela Romántica) 2013. Posteriormente, en abril de 2015 salió Harley R. Entre-Historias, un apasionado "spinoff" de *Harley R.* y en diciembre de ese mismo año, lo hizo Lola, la tercera entrega de la Serie Moteros.

El último mejor lugar, la única novela independiente que la autora ha publicado hasta el momento, vio la luz en Septiembre de 2016.

También es autora de la serie romántica Sintonías, compuesta por Volveré a ti (2014) *Bombón* (2007), *Primer amor* (2007), *Amigos del alma* (2008) y Simplemente perfecto (2014).

Patricia Sutherland nació en Buenos Aires, Argentina, pero está radicada en España desde 1982.

Página oficial:
Jera Romance
www.jeraromance.com

9 788849 444985 7